# レインメーカー

真山仁

# レインメーカー

二〇一八年に始まる物語――

目次

## 主な登場人物

### 雨守誠（あまもりまこと）法律事務所

雨守誠　所長
瀧田早苗（たきたさなえ）　アソシエイト弁護士
永井（ながい）くるみ　雨守誠の秘書

### 毎朝（まいちょう）新聞社

四宮智子（しのみやともこ）　医療情報部・医療事件担当記者

### 日向則雄（ひゅうがのりお）法律事務所

日向律子（りつこ）　代表パートナー
片切尚登（かたぎりなおと）　ジュニア・パートナー
入江小雪（いりえこゆき）　アソシエイト弁護士

### 医療法人賢尚会（けんしょうかい）中央病院

堀江悟（ほりえさとる）　小児科医長
丸本明菜（まるもとあきな）　小児科研修医
衛藤敏江（えとうとしえ）　看護師
手島賢造（てしまけんぞう）　理事長
手島賢一郎（けんいちろう）　副理事長
熊谷義則（くまがいよしのり）　顧問弁護士

野々村喬一（ののむらきょういち）　ITベンチャー企業社長
野々村結子（ゆうこ）　県立大学教授。野々村喬一の妻
野々村喬太（きょうた）　野々村喬一と結子の息子
野々村喬太郎（きょうたろう）　県議会議長。野々村喬一の父
野々村香津世（かつよ）　野々村喬一の母
若林信吾（わかばやししんご）　野々村喬太郎の秘書

剣なき秤は無力、秤なき剣は暴力

——剣と天秤を持つ正義の女神「ユースティティア」像の由来

自身の能力と判断に従って、患者に利すると思う治療法を選択し、害と知る治療法を決して選択しない。

——医療の倫理と任務をギリシャの神に誓った「ヒポクラテスの誓い」より

# プロローグ

結局のところ、世の中は強者と弱者で成り立っている。それは法律を駆使できる者と、法律を使えない者の差でもある。

弁護士・雨守誠(あまもりまこと)の目の前で頭を抱えている医師は今、弱者の沼へ落ちようとしていた。

「先生、ご自身がカモになった自覚がないんですか」

「カモは、さすがに言い過ぎでしょ」

都内の大病院で内科医長を務める左藤守弘(さとうもりひろ)は、話し合いを一刻も早く切り上げようという態度を隠そうともしない。

「確かに、僕の実印で借金の保証人になっているのは、事実です。でも、このスキャンダルを穏便に済ませば、いろんなことが丸く収まるんです」

半年前、左藤は、ある社会福祉法人（社福）の代表を医局の教授から紹介されている。森末(もりすえ)と名乗った代表は、高齢者福祉の専門家として業界では有名な人物という触れ込みで、頼みたいことがあると言った。

関東圏で介護老人保健（老健）施設をいくつか新設するにあたって、そのうちの一カ所で、左藤に理事長を務めて欲しいというのだ。

左藤は、私立医科大の循環器内科の医局から、提携病院に派遣されていた。本人は教授職を切望していたが、戻っても医局にポストがなく、将来に不安があった。それを気の毒に思った教授が、森末を紹介してくれたのだ。

報酬は、年間三〇〇〇万円。左藤が望めば、施設予定地の千葉県流山市内に、クリニックの開設も可能なのだという。

四六歳で、三人の子どもを私立学校に通わせている左藤にとって、その報酬は魅力だった。仲介した教授も、名誉理事として名を連ねており、森末も上品で好人物に見えた。左藤は、喜んで、その話に乗った。

プロジェクトが動き出すと、様々な手続きに忙殺された。事務仕事が不得意な左藤は、その煩雑な作業に辟易する。すると、森末が「これ以上、理事長の手を煩わせるのは申し訳ない。一週間ほどで、面倒な書類仕事を片付けてしまいますから、実印を預けてください」と提案した。

左藤は警戒もせずに、実印を預けた。

ところが、許可申請が難航した上に、深刻な資金不足に陥ってしまう。

そして、左藤は、総額五〇〇〇万円の融資の保証人になっていることが判明する。代表が、左藤の実印を使って、勝手に保証人に仕立て上げたのだ。その森末は、資金もろとも失踪した。

左藤が教授に相談すると、教授は「私も、すっかり欺されてしまった。あんな奴だとは知らなかった」と言い、保証人については左藤一人の問題だと、はねつけた。

それどころか「ここは、穏便にしたほうがいいよ」と耳打ちされる。これらの老健施設の名誉理事に名を連ねている人物が、いずれも医学界の重鎮だからだ。

表沙汰になったら、彼らの名誉に傷が付く。それは、左藤の人生も潰れるという意味だった。もし、沈黙を守るのであれば、地方に新設予定の医科大学の教授の席を用意する。さらに、借金を無利子で、大学側が立て替えてくれるとまで言う。

国公立大学の医局が、大学と関連のない病院に医師を派遣しなくなって以来、全国の病院は深刻な医者不足に悩んでいる。しかも、「働き方改革」のせいで、長時間労働も課せられない。どんな無理も言える「債務奴隷」の医者は、喉から手が出るほど欲しいから、借金を肩代わりしてでも手に入れようとするのだ。

左藤は、それを承諾するつもりだった。そんな時、左藤と同じ目に遭った「被害者」の一人が、法的に訴えて共闘しないかと言ってきた。

そして、雨守法律事務所に駆け込んだのだ。

「先生、この老健施設の建設について、教授は、最初から怪しい案件と知っていたはずです。それに、キックバックのカネをもらっているに違いない。なのに庇うんですか」

「それが、医学界で生きていく道ですから」

既に五〇歳に手が届くような年齢で、なぜ医学界に気を遣うのか。

左藤は名医ではないものの、真面目で頼りになると評判が良く、患者も多い。

だから、左藤が「債務奴隷」に堕さないように、丁寧に説明した。にもかかわらず、左藤は、まともに聞こうとしなかった。

「僕が、バカだったんです。自業自得です」

「確かに、あなたは、バカです。医者としてそこそこ優秀でも、社会的には大馬鹿者です。だからこそ、ここで立て直すんです。法律を盾に、あなたの人生を守る。社会的強者になるんです」

*

堀江悟が初めて人の命を救えなかったのは、二七歳の秋だった。大阪大学医学部で学び、医師国家試験に合格、二年間の初期研修を経て、後期研修医として総合病院に勤務した。

ＹＭＣＡの野外活動で出会った先輩に憧れて、当時既に「斜陽」と呼ばれていた小児科医を目指していた。

成人と比べて、子どもの病気は千差万別で、繊細かつ丁寧なケアが必要とされる。「繊細で丁寧なケア」は、堀江の性格に合っていたが、「大胆な決断」は苦手だった。

週に一度の夜間の救急対応の日は、朝から憂鬱だった。小児科医といえども、当直では、交通事故からクモ膜下出血に至るまで、運ばれてきた患者に対応しなければならないが、それには即断即決の治療が不可欠で、堀江はいつも胃が痛くなるほどのプレッシャーと戦わなければならなかった。

先輩からは、「半年もすれば、慣れる。それまでは、とにかく数をこなすんだ」とアドバイスを受けていたが、到底、そんな心境になれなかった。

その夜の当直勤務は、忙しかった。交通事故が三件と自殺未遂の患者が、ほぼ同時に搬送されて、てんやわんやだった。

ようやく一息ついた午前三時過ぎ、〝急性アルコール中毒の二〇代男性〟という若者が運ばれてきた。

「その程度なら、おまえがやれ」と先輩医師から言われ、堀江と看護師二人が処置に当たった。

顔色が真っ青で、既に低体温症になっていた。血液検査を行い、直ちに点滴を投与しながら、患者の名前を連呼した。

「鈴木さん！　鈴木さん！　聞こえますか！　鈴木さん、起きて！」

だが、反応はない。

「血中のアルコール濃度は、０・０２。それにしては、状態が酷いですね」

看護師からの報告を受けて、堀江は、患者の眼を診た。

瞳孔が開ききっている。

「もしかしたら、ドラッグをやっているかもしれません。応援お願いします。それと胃洗浄の準備もお願いします」

「蘇生バッグの準備を」と言ってから、堀江は気道を確保しつつ、患者の名前を連呼した。

なんで、目覚めない！　酒と一緒に何を飲んだんだ！

バイタル測定器のアラームが心停止を告げる。

心臓マッサージを看護師に指示した。

「応援、まだ?!」

「すみません、交通事故の重傷患者があって、他の先生は手が離せません！」

心臓マッサージでも埒があかない。

「エピネフリン1ミリグラム、お願いします」

蘇生剤を注射するが、効果がない。

「先生、一〇分経過しました、もう一度、エピ、打ちますか」

看護師の声で、時間の感覚を失っているのに気づいた。

こんなことで、動揺するなんて……。

看護師が額の汗を拭いてくれた。

「鈴木さん！　起きて！　起きてくれよ！」

しかし、患者はぴくりとも動かない。

三度目のエピネフリンを注射した時、ようやく助っ人がきた。

助かった！

先輩の処置は、堀江より、はるかに手際は良かったが、鈴木は意識を取り戻さなかった。

先輩は、腕時計を確認した。

ダメなのは、分かっている。患者の死に目に立ち会うのも、今日が初めてじゃない。なのに今夜は、その事実が異様に重苦しかった。

たかが急性アルコール中毒じゃないか。

処置の手順に間違いはなかった。簡単に死ぬような症状じゃないのに、心臓が止まるなんて！

必ず救うから、簡単に諦めるなよ！

「もうちょっと頑張らせてください！」と叫んでいた。

だが、先輩は、臨終を告げた。

＊

四宮智子（しのみやともこ）の初めての特ダネは、二六歳の時に書いた、県庁幹部の大がかりな不正事件だった。記事が出た朝、一人の県庁職員が、庁舎の屋上から飛び降りた。

自殺したのは、勇気を奮って県庁幹部の不正を告発した「トクさん」こと徳永大輔（とくながだいすけ）だった。

「県庁職員は、県民の生活を豊かにするために汗をかくべきだ」というのが、トクさんの口癖だった。

その大事な使命を踏みにじる悪い奴らを、トクさんと智子は糾弾したのに、自殺するなんて……。

情報を提供してくれた彼の身元が辿れないように細心の注意を払った。内部告発ということは伏せ、地検を巻き込み、彼らが捜査に着手したという形で記事にした。不正の事実を裏付ける証拠の情報源については、地検も出所を明らかにしていない。

なのに、なぜ……。

所轄の発表では、遺書はなく、自殺の動機は不明らしい。

トクさんは、智子より一回りも年上の飲み仲間だった。

ある日、トクさんが智子の自宅を訪れ、不正を語った。そして、「この不正を、君の手で暴いてくれないか。証拠もちゃんと渡す」と懇願されたのだ。

入社四年目で、新聞記者としての仕事を一通りこなせるようになっていた智子は、周囲から「事件に強い記者」という評価を得ていた。

その腕に期待したのだという。

トクさんの情報が事実だとすると、県知事が辞任に追いこまれるほどの大事だった。もしかすると、国会議員にまで捜査の手が及ぶかもしれない。

智子は、信頼しているデスクに相談し、慎重に取材と調査を進め、記事を出すまでに、二カ月余りかけた。

最後の一週間は、寝る間も惜しんで裏付けと検証に時間を費やした。

その間、トクさんには、「普段と変わらない仕事と生活をしてください」と念を押した。

ついに地検が強制捜査に乗り出すという前夜の午前二時、トクさんに報告した。

──本当に、ありがとう。やっぱり、シノちゃんに頼んで良かった。これで、少しは県民の皆様にも顔向けできるよ。

記事が出ても、当分は接触を避けた方がいいと考えて、二〇日後に祝杯の約束をして電話を切った。

彼の「楽しみだな」という声は、今も耳に残っている。

トクさんの自殺が発覚した翌日、自宅に彼の手紙が届いた。

そこには、彼もまた不正に関わっていて、ことが表沙汰になった以上、生きているわけにはいかないと記されていた。

〝でも、シノちゃんのおかげで、気分が楽になった。お祝い酒は飲めないけど、あの世で一人で乾杯するよ〟と締めくくられていた。

この一件は、智子の記者としての立ち位置を根底から覆(くつがえ)した。

世の中の成り立ちの本当の姿を知りたくて、記者という仕事に興味を持った。

記者としてのキャリアが始まってからは、とにかく納得いくまで取材をし、先輩やデスクのダメ出しに耐えて、必死に原稿を書いてきた。

やがて、記者は、正義の代弁者だと考えるようになった。浮かれていたとも言える。

その驕り（おご）が、吹き飛んだ。

表に出ていない不正を暴くことは、正義の証明だが、それによって新たな悲劇を生むこともある――。

その覚悟を自分は持っていなかった。

ここで辞めるべきか、あるいは前進あるのみか。

悩みに悩んだ末、トクさんの死に報いるためにも記者を続ける、という結論に至った。

あれから、一〇年以上経つが、未だに正義の意味も、報道の意義も分からないまま、今、起きていることだけを、ひたすらに追い続けている。

＊

「大人だけの時間って、やっぱりいいね。ありがとう」

妻・結子（ゆうこ）の笑顔を見て、野々村喬一（ののむらきよういち）は、久しぶりのデートは大成功だと思った。渋る結子を説き伏せて、息子は両親に預けたのだ。

今日は母親の顔ではなく、妻の顔をした結子がいる。それが嬉しかった。

エレガントでクレバー。結子は、自慢の妻だった。

本人はラグビーボールのようで嫌いと言うが、顔の輪郭こそ、結子の優雅さの象徴だと思っている。頬骨が高いのも気にしているが、喬一は、そこが好きだった。

二人は、大学一年生の夏から付き合い出した。

結子は工学部で炭素素材の研究を続け、教授の強い推しもあって、博士課程まで進んだ。

喬一の専攻は、情報工学だったが、研究が好きなわけではなく、県議を務める父が期待している後継者というポジションにも魅力を感じなかった。それよりもベンチャー企業を立ち上げたいと思っていた。そのために経営を学びたくて、外資系の経営コンサルティング会社に就職した。だが、企業風土が合わず、体を壊したこともあって、実家に戻った。そして、友人二人と一緒に、小さなITベンチャー企業を立ち上げた。経営は順調だった。

結子と結婚したのは、彼女が博士号を取得し、二年間海外留学するのが決まった時だ。

三カ月後に、喬一は自社のさらなる展開を求めて渡米。結子が在籍していたマサチューセッツ工科大学（MIT）に近いボストンに、居を構えた。ボストンの街は美しく、結子との新婚生活は、素晴らしく充実していた。

またMITのメディアラボの研究者とネットワークを広げ、共同研究によって自社のビジネスの拡大も実現できた。

妻が二年の留学期間を終える時、このままここで暮らそうかと、喬一は本気で考えた。

だが、結子は「やっぱり私は日本で暮らしたい」と言った。喬一としては妻の望みが最優先だったため、帰国を決めた。

妻は東京で研究生活を続け、喬一は地元に戻った。喬一はこの選択を後悔した。

そんな時、喬太を授かったのだ。

妊娠が分かった時、妻は「産休の間は、喬ちゃんと一緒に暮らしたい」と言ってくれた。

その頃には、喬一は成功した青年実業家として地元ではちょっと知られた存在だった。そのプライドも後押しして、一戸建てを手に入れた。

念願の結子との生活が再開し、やがて家族が一人増えても、結子は東京に戻るとは言わなかった。

喬太が生後七カ月を迎えた頃、県立大学から教授職の声が掛かっていると結子が相談してきた。

三四歳で教授就任というのは快挙だった。それ以上に、東京で将来を約束されていたはずの妻が、地元に職を得たことが嬉しかった。

「私は本当に幸せ者ね」

少し垂れ目な結子が笑うと、可愛さが際立つ。

「僕も」と言いながら、妻にプレゼントを渡した。

「わ！　きれい！」

知り合いのアクセサリー作家に注文したネックレスだ。精妙な細工を施したプラチナのフレームの中に小粒のエメラルドが埋め込んである。結子の誕生石だ。

「エメラルドは、知恵や忍耐力を授けてくれるらしい。君の研究をそいつが応援してくれるといいな」

別の意味もあった。それは――贈る相手に愛と献身を誓うという宝石言葉だ。

息子が生まれてから、結子を息子に取られたような気がしていた。その距離を埋めたかった。

テーブルのスマートフォンが振動して、結子が顔をしかめながら、こちらに画面を見せる。二歳の息子が、喬一の父母と一緒に映っていた。喬太の手には、チョコレートが握りしめられていた。

喬一の両親は、喬太が欲しがれば、何でも与える。結子に写真を送ってくるのも、悪いと思ってないからだろう。だが結子は、喬太には市販の菓子をほとんど与えないし、与えるとしても厳選している。

「母には何度も言ってるんだけど。食に対する意識が古いんだ」

「私こそごめん、お義母様たちのおかげでこんな時間ができたんだしね」

結子がスマートフォンを鞄にしまった。

結局、結子はすっかり母の顔に戻り、「喬太を待たせちゃかわいそう」と、コースのデザートも断って早々に帰宅した。

# 第一章　蠢動（しゅんどう）

## 1

小児科医・堀江悟の月曜日は、慌ただしく始まる。午前七時に起床すると、シャワーを浴び、簡単な朝食を摂る。それから車で約一〇分の距離にある中央病院に出勤する。午前八時一〇分頃には、大部屋のデスクに鞄を置き、白衣を羽織り小児病棟に向かう。

ところが今朝は、七時半に掛かってきた電話で、ルーティンが狂ってしまった。

〝急患です〟

看護師の声は疲れていた。

「当直は？」

〝丸本（まるもと）先生ですが、ちょっと手に余るとのことで〟

「患者の状況は？」

〝三歳の女児、高熱で、意識混濁だそうです〟

「救急車？」

〃はい〃

それは助かる。救急車による搬送の場合、症状については、既に救急救命士がチェックしている。タクシーや自家用車での来院だと、動揺した保護者から状況をヒアリングしなければならず、時間が無駄な上に、情報が不正確な場合も少なくない。

トーストを口に押し込んで、オレンジジュースを一気飲みして玄関に走った。妻が追いかけてきて、「ｉｎ ゼリー エネルギー」を二パック渡してくれた。

堀江が勤務する医療法人賢尚会（けんしょうかい）中央病院は、民間病院としては県内最大の規模を誇る。病床数は三三三床、脳神経、循環器、消化器などの内科と外科をはじめ、産婦人科、小児科から整形外科、皮膚科、耳鼻科に至るまでを網羅し、救命救急センター（ED）も完備している。医師の大半は、慶應、京都、大阪などの名門医学部の出身者で「県立病院よりはるかに優秀な医者が揃（そろ）っている」とまで言われている。

日常的に急患が多いが、小児科の場合は月曜日にそれが集中する。

国道の渋滞もなく、八分で病院の職員駐車場に到着した。職員専用の駐車場は三カ所あるが、本館の通用口に直結する駐車場が利用できるのは、病院幹部と医師の一部だけだ。

この駐車場の駐車位置が、院内の権力関係の縮図だった。

理事長と院長の車は通用口の真正面に、続いて脳神経外科部長、循環器外科部長の車が続く。通用口から六、七メートル離れたところに、小児科部長のスペースがある。科のナンバー2である堀江が駐車できる場所は、さらに遠くなる。

七時五三分――。

「おはようございます、堀江先生！」

通用口に立つ警備員が敬礼して、出迎えてくれる。三カ月前に彼の孫が、ボタン電池を誤飲した。内視鏡で摘出して事無きを得たが、それ以来、会うたびに敬礼される。

廊下では、小児科外来の看護師・小倉あんなが待ち構えていた。

「体温は、四一度三分あります。ぐったりして、呼んでも反応しません」

乳幼児の場合、発熱していても、普段と変わらない様子なら、さして心配はない。だが、高熱に加え意識がないのは、危険だった。

「何か処置は？」

「母子手帳の接種歴がヌケヌケで。ひとまずＣＴを撮って血液検査しました」

堀江が子どもの頃は、麻疹の予防接種は必ず受けるものだった。

ところが、一九九二年に和解が成立した「予防接種禍東京集団訴訟」で、種痘などの予防接種によって死亡したり、心身に障害が出た患者遺族らの訴えが認められた。当時の厚生省は、予防接種法を改正し、それまで義務だった予防接種が努力義務に改められた。

法律上の努力義務とは、「予防接種を受けるよう努めなければならない」ということだ。つまり、受けなくてもいい、とも取れる。

世論に押される形で、従来は強制的だった集団接種もなくなり、個人（保護者）が接種の意義やリスクを理解した上で同意する「個別接種」へと大転換した。

予防接種をさせない保護者には罰則規定もあった時代と比べると、それは子どもにとって重大な変更となる。その結果、予防接種を受けない子どもは増加の一途をたどっている。

たとえ意識があっても自分で症状を説明できない乳幼児の急患は、搬送直後の判断が勝負だ。

予防接種が義務化されていた時代であれば、定期予防接種の対象疾病に罹患した見込みは小さく、別の疾病に見当をつけやすいが、努力義務化によって、それが有効でなくなった。

代わりに重要になるのが、母子健康手帳だ。

出産した病院などの記録とともに予防接種の一覧があり、接種の履歴が記されている。

白衣を羽織ったところで、ＥＤに到着した。

第二処置室に、後期研修医の丸本明菜の姿があった。小児科で預かっている丸本は、内気で大人しい性格だった。小児科部長の評価は、「トロい」と厳しくて今ひとつだが、堀江の研修医時代より、よほどしっかりした医者の卵だ。

丸本は、意識がない幼女の口を開けて診察しようとしている。

「あっ、先生、おはようございます」

救急外来の看護師長、正木和美が声をかけてきた。正木は母子手帳を持っており、B型肝炎やヒブ、四種混合などの接種記録を読み上げた。

「到着からの時間は？」

「四六分です」

あまり余裕はないな。

「予防接種は？」

「ヒブ、四種混合が一回だけ、麻疹は未接種です」

ボロボロだな。

母親らしい金髪の女性が虚ろな目をして、椅子に腰掛けている。

「お母さん、落ち着いて。小児科の堀江悟といいます。様子がおかしくなったのは、何時頃からですか」

「えっと。ちょっと分かりません。一緒に寝ていたサリーの体が熱いのに気づいて」

紗梨衣（サリー）というのが、三歳女児の名前だ。

「すぐに熱さまシートを貼ったんだけど、ダメで」

「お薬とか、飲ませましたか」

母親が首を横に振って答えると、アルコールと煙草の匂いが広がった。

「お子さんには、ぜんそくなどの持病はありますか」

「ありません。元気が取り柄なんですよ」

母親にはロビーで待つように伝え、堀江は丸本に声をかけた。

「どんな感じ？」

「体に湿疹があるんで、コプリック斑を確認しようと思って」

麻疹を発症すると、頬の裏側にできる粘膜疹のことだ。それが見つけられたら、麻疹の可能性が一気に高まる。

緊張のせいか汗だくになっているが、丸本は患者の様子を注視し、的確に行動している。

尤（もっと）も慎重派な上に、子どもに対して気を遣いすぎるので、全ての行動が緩く見える。そういう意味では、大量の患者を捌（さば）くために時間に追われる大病院の医師には、不向きかもしれない。

「堀江先生、ＣＴの結果が出ました」

画像からは、頭蓋内占拠性病変は見られない。これで、脳内の腫瘍等の可能性はなくなった。

「血液検査では、特に異常はありません」

丸本に代わって、堀江が口内を診た。

「コプリック斑があるね。麻疹かな……」

だが、麻疹ウイルス以外の感染でも出現するという報告もあると、慎重派の丸本が言及した。

堀江は、幼女の胸に聴診器を当てた。

「良くないな。肺炎を起こしている可能性がある。アンビューバッグを用意してくれるか」

幼女を仰向けに寝かせて、手際よく点滴投与を始めた小倉が、人工呼吸器をセットする。

唇がやや紫色になっている。顔色も良くない。

「チアノーゼか。気道を確保した方が良いかもしれない」

もう一つ怖いのは、脳炎だった。患者の症状は、脳炎の初期症状にも当てはまる。彼女は脳炎の一種である細菌性髄膜炎を防ぐヒブワクチンが未接種だった。

「髄液も採った方が良いな」

処置が終わり、生命の危機からは脱したものの、病名が確定していない。既に肺にも炎症があり、予断は許されない状況だ。

病棟の個室に患者を移し、経過を見ることにした。

自席でウィルキンソン・タンサン・レモンを飲んで一息ついてから、デスクトップパソコンを立ち上げた。

土曜日以降のメールがダウンロードされるのを眺めているうちに、一通が目に留まった。

スウェーデンの王立予防医学研究所の教授からのメールだった。

## 2

雨守誠法律事務所は、東京都国立市にある。

かつて所属していた日向則雄法律事務所をはじめとする有力事務所や、巨大ファームの多くは、丸の内や大手町、あるいは赤坂あたりのインテリジェントビルを拠点としている。

だが、雨守はそういう息苦しい空間が苦手で、桜並木で有名な大学通り沿いに建つ新築ビルの七階に、事務所を構えた。

ゴールデンウィークが明けた五月のその日、雨守は午後遅くに事務所に顔を出した。桜並木が見下ろせる眺望の良い、明るく広々としたオフィスは、今日も快適だ。

常駐所員は、一人しかいない。

雨守が日向事務所に所属していた頃から秘書だった永井くるみだ。雨守が新人だった頃は、所長の日向則雄の秘書だった。日向の死後は、雨守の秘書を務めた。永井は日向の娘の律子とはソリが合わなかったらしく、雨守が退所した日に、辞表を提出している。

「おはよう、くるみ姐さん」

自席で電話を受けていた永井に声をかけると、電話中だった彼女は送話口を押さえて「面接の方が、応接室に」と言った。

「面接って？」

「アソシエイトの面接だと言ってるけど」

「あ！　忘れてた」

それを聞いた永井は電話を切り上げて、雨守を所長室に連れ込んだ。

雨守よりも上背があり、ボリュームもある永井に言われると、逆らえない。

「求人なんて、私は聞いてないよ」

部下ではあるのだが、永井ははるかに年上だし、業界の裏表もよく知っている。日向事務所で雨守の秘書に就いて以来、永井はいつもタメ口だ。

「ごめん、言い忘れていた」

「いつから、アソシエイトなんて募集してたわけ？」

「募集したわけじゃないよ。頼まれたんだ」

大きな目で睨んでくる永井から視線を外して、雨守はテーブルにあった新聞を手に取った。

また、バカ総理がアメリカに擦り寄る発言をしたことが一面で大きく伝えられていた。

「誰に頼まれたの？」

「大須賀先生の奥様」

故大須賀正之介は、一橋大学法学部の元教授で、刑事訴訟法の良心と言われた学者だ。人嫌いの雨守が、恩師として敬う三人のうちの一人だった。

「面接に来たお嬢さんは、瀧田さんって、名乗ってたけど」

「大須賀先生の外孫だよ。かの有名な瀧田宗一最高裁判事の一人娘なんだ」

その娘が判事になって、三年で挫折したらしい。そこで大須賀元教授の夫人が、雨守に白羽の矢を立ててきた。

――図々しいお願いなんだけど、孫が、あなたのところで、修業し直したいと言って聞かないの。

「そんな方の面接を忘れてたの?!　もう三二分も待たせてる」

「ちゃんと謝るよ」

二人で応接室に入ると、華奢な女性が立ち上がって、丁寧に頭を下げた。

「お忙しいところ、恐縮です」

長時間待たせたのに不満そうな態度などみじんもなく、実に上品で礼儀正しい。

瀧田早苗、二八歳。東京大学法学部卒、法科大学院を修了せずに、司法試験の受験資格を得られる司法試験予備試験に大学四年生で合格。その翌年の司法試験にも合格している。

極めて優秀なエリートなのに、司法修習後、父親と同じく裁判官に任官して、挫けたのか。

「だいたいのことは大須賀先生の奥様から聞いてます。それにしても三年で見切りをつけるのは早くないですか？」

「正しい法の裁きを目指して判事になりました。でも、あまりに弁護士が腑甲斐なくて、救えるはずの人々も救えない現実に絶望しました」

言うなあ。

「それで野に下って、正義を貫きたいと？」

「法律を知らないと不幸になるという先生のご意見には、まったく同感です。でも、弁護士の多くは、法律を知っているくせに、依頼者を幸せにできません」

ますます、面白い。

「お父様は、さぞショックだったのでは？」

「どうでしょうか。父は父だと思っていますので」

「なのに、自分の就職口を、お祖母(ばあ)様に手伝ってもらうというのは、どうなのかなあ」

「お恥ずかしい限りです。先生が事務所を開かれたと知って、お電話を三度致しました。先生の下で、修業させていただきたい旨をお願いしたのですが、秘書の方にきっぱりと断られまして。それで、搦(から)め手から攻めてみました」

巨体の永井が気まずそうに体を動かしたので、ソファが揺れた。

なかなか強(したた)かな一面も持っているようだ。

「それにしても搦め手とは、なかなか古風な言い回しだね」

「恐縮です。趣味のせいで、つい」

「趣味？　いわゆる〝歴女〟的な？」

「いえ、城郭研究です」

知り合いの弁護士に、熱心な城郭マニアがいて、何回か城探訪に誘われているが、いつも見送っている。あいつと同じ、本気(ガチ)のやつか。

「給与はなくても、結構です。先生から学んで、法の遣(つか)い手になりたいんです」

「ちょっと、このまま待っていてくれますか」

雨守は立ち上がって部屋を出た。察しの良い永井が続く。

「採用ってことで、いいかな？」

「てことは、これからはお仕事をばんばん増やしてくれるのね？」

仕事を選びすぎて、いつも閑古鳥が鳴いている。

「それから、学生じゃないんだから、無給はあり得ないからね」

「当たり前だ。ちゃんと払うよ」

二人で部屋に戻ると、雨守は瀧田に右手を差し出した。

「まずは、三カ月間。試用期間ということで、良ければ」

「ホントですか！　ありがとうございます。よろしくお願い致します」

彼女は握手をせずに、また礼儀正しく一礼した。

3

五歳と三歳の息子が両手を合わせて「ごちそうさまでした！」と言うと、テレビの前のクッションに陣取って、「ポケットモンスター」に取りかかった。

週末に家族揃って食事をしたのは、久しぶりだ。

小児科の診療件数自体は、減るどころか増えている。小児科医の数も増えてはいるが、乳幼児の様々な症状に対応できる医者は多くはない。だから、賢中病院のような地元で名の通った大病院の小児科は、救命救急センター並みに忙しい。

小児科の臨床医は時間に追われてばかりだが、医者の腕と知識と精神力が厳しく試される領域だから、やり甲斐もある。

一瞬の判断で、患者の命が左右されることも多々あるが、言い換えれば、患者の生殺与奪の権を、否応無く握っているということだ。

過酷な日々の中で、果たしてこの先も臨床医を続けていけるのか。そんな不安も時に脳裏を過る。

「悟君、大丈夫？」

食後の片付けをする手を止めて、妻の沙恵が尋ねてきた。

「何が？」

スマホのカメラ画面を自撮りモードにして、こちらに向ける。そこに映っているのは、目の下がたるみ、醜く浮腫んだ顔だ。

「その顔は疲れだけじゃないよ。何か悩んでるでしょ」

コーヒーを淹れたマグを二つ持って妻はテーブルの椅子に座った。

「何を悩んでるの？　言ってみて」

「スウェーデンの王立研究所の研究員に応募したら、最終面接まで残ったんだ」

スウェーデン南部の都市マルメにある予防医学研究所で、小児の予防医学の研究室がフェローを募集していたのだ。

「凄いじゃない。でも、いつの間にそんなことしてたの？」

「二週間ほど前に。最初は、書類選考で、次にオンラインで面接があった」

「へえ。採用されたらマルメで研究生活を送ることになるの？」

妻の沙恵は、県立図書館の非正規雇用の司書だ。彼女には、地元の国立大学で取得した司書と学芸員の資格があるが、正規職員の席など子育て中の女性には高嶺の花で、時短契約職員の座を死守するので精一杯だ。

「ご両親は、許してくれるかな」

沙恵の父親は県の幹部で、所有している広い農地は、地元の農家に貸しており、いわば地元の名士だ。開業資金は提供するから小児クリニックを開業してはと、勧めてくる。その上、彼の友人が市の医師会長で、医師会としても全面支援を惜しまないから、開業せよとせっつかれていた。

小児専門クリニックの必要性は、堀江も感じている。だが、大学で小児医療政策を学んだ堀江は、社会福祉の先進地である北欧で、日本では課題山積の小児予防医学を研究したいと考えていた。

「父さんのことは、心配しなくていいわよ。周囲にいい顔をしたいだけだから。北欧なら私も暮らしてみたいな」

堀江は単身赴任を考えていた。資金的なこともあるし、研究に没頭するためにも、それが理想だ。

「もしかして一人で行く気？」

「何も決めてないよ。まだ、合格したわけじゃないから」

「ねえ、フェローってまさか無給じゃないでしょうね？」

「今ほどではないけど、報酬は出る。地元のクリニックでの診療バイトも斡旋(あっせん)してくれるみたいだ」

「じゃあ、決まりだね。みんなで行こう」

妻は何事にも、執着しない。即断即決、後ろは振り向かない。

そして、常に楽天的だった。

「スウェーデンは、美術館や博物館の宝庫だし、今から楽しみだわ」

既に、夫が合格したつもりになっている。

「問題は、最終面接のために有休が取れるかだ」

「そんなもの、気にせず堂々と休んだらいいのよ」

小児科の外来の多忙ぶりを考えると、四日の休暇などあり得ない。

「悟君が四日間休んだだけで小児科が機能不全になるのなら、それは病院の責任でしょ。マルメに行きたいなら、行きましょう!」

4

四宮智子は、虎ノ門のオランダヒルズの一室にいた。その壁一面には、日向則雄法律事務所代表パートナーである日向律子が著名人と一緒に撮った写真が、ずらりと並んでいた。アメリカの元女性大統領候補、IMF専務理事、ドイツの宰相など、世界で活躍する女性VIPばかりだ。なぜか、一枚だけハリウッド男優との写真があったが、何かのインタビューで、大ファンだと述べていたのを思い出した。

日向事務所がオランダヒルズに本拠地を移したのは三年前で、智子は頻繁にそこを訪れている。だが、こんな写真が会議室に飾られていたことは、今までなかった。

一体、どういう心境の変化なのか。

写真の中の律子は輝くような笑顔で、彼女の自己顕示欲の強さが滲(にじ)み出ている。則雄と律子の性格は、親子だと思えぬほど全く正反対だった。則雄は、終生、原告である患者や遺族に寄り添い博愛主義を貫いた。

智子が則雄と知り合ったのは、地方支局から東京本社に戻り、警視庁担当を三年務めた後、社会部遊軍記者になったばかりの頃だった。

則雄はアメリカの巨大製薬会社による薬害訴訟の主任代理人を務めており、既に、医療過誤裁判の原告側代理人として名を馳せていた。だが、世界第三位の巨大製薬会社が相手となると、随分勝手が違ったようだ。

それでも、製薬会社が製薬過程で問題を認識していたにもかかわらず、政治力を使って自国以外で販売した事実を証明した。

その訴訟で大活躍したのが、雨守誠だった。

彼は、製薬会社の研究所があったサンノゼに長期滞在し、関係者から不正を裏付ける証言を得たのだ。

当時、律子は検事としてのキャリアを積み上げていた。そして、五年前、則雄が心臓発作で倒れた時に、検事を辞めて日向事務所に入所したのだ。

律子が放つイメージは、美貌の敏腕弁護士だ。上昇志向が強く、目的のためには手段を選ばない強引な手法は、上層部の悩みのタネだったとも聞いた。そのうえ、あからさまに「女」を売り物にするので、同性からの評判も悪い。

父の後継者として、日向事務所に乗り込み、代表パートナーの座を手に入れると、世間の注目を浴びる案件ばかりを選び、その多くは手痛い敗北で終わっている。

一方で、則雄の精神を受け継いだ雨守の頑張りで、事務所の評判は何とかキープしていた。ところが、異様なほどの負けず嫌いな律子と、〝則雄イズム〟を貫こうとする雨守との間に軋轢（あつれき）が絶えず、雨守は律子と袂を分かつ。

その後、律子は戦略を変えた。

実際の医療過誤訴訟の最前線は、優秀な所員に委ね、彼女は対外活動に精を出した。大学の客員教授や、政府の審議委員などの名誉職に名を連ねた。

亡父の名声のおかげで、「医療被害の守り神」という日向事務所の評判は、何とか維持していた。

今日、事務所に呼ばれたのは、律子が副委員長を務める医療過誤対策審議会（過誤審）が提出を検討している法案について、「情報を提供したい」と声をかけられたからだ。

律子が、上手にメディアを利用するのは知っているが、わざわざ情報を提供するというのを拒む理由はない。

別件で、尋ねたいこともあったので、今回は話に乗った。

律子が現れた。男女二人の部下を従えてのご入場だ。女性は新人らしいが、男性はジュニア・パートナーの片切尚登で、律子のお気に入りスタッフだった。

今日も律子は、一分の隙もないいでたちだ。それに引き換え智子は、かなりくたびれたグレイのスーツに、踵が斜めにすり減ったローファーだった。

「早速だけど、とっておきのネタというのはね、過誤審が提出する法案についてです。ぜひ、毎朝新聞でも、援護射撃をして欲しい」

「医療被害者支援基金法でしたっけ？　まだ、概要しか公表されていませんよね」

医療過誤が疑われるような事態が起きた時、被害者側が訴えを起こしたくても、資金的に厳しく泣き寝入りするケースが多い。そこで、政府や医学界、損害保険会社などが基金を設立し、被害者の訴訟の金銭的支援を行う仕組みづくりのための法案だった。

手渡された文書には法案の全文が記載されている。ざっと目を通して、引っかかる文言を見つけた。

「申請は、被害者本人ではなく、被害者の代理人が行うんですか」

「手続きには、専門家のサポートが必要でしょ」

智子は、腑に落ちなかった。趣旨に沿えば、被害者が申請するのが筋だ。これでは、手続きの前提として弁護士が必要になる。被害者を利用して、弁護士が金儲けできるじゃないか。そうでなくても、このところ、医療過誤事件は、被害者側が勝利する確率が高くなってきた。病院で患者が亡くなると、弁護士が、遺族を焚きつけて弁護料をふんだくるという事例も増えている。

弁護士が悪人なら、善良な医者や病院に言いがかりをつけたりもできるわけだ。

「何か、問題がある?」

「申請者は、被害者当人とすべきじゃないんでしょうか」

「そう? じゃあ、そこは再度検討するわ。医療過誤問題に詳しいあなたの意見は、貴重よ。どしどし指摘してちょうだい。それより、あなたをお呼びしたのは、もっと重大な協力をお願いしたいからなの。実は、この法案を、病院協会や医師会、損保会社が揃って潰そうとしている。それを阻止したいの」

「法案が成立すれば、医療過誤訴訟が急増するでしょうから、当然だと思いますが」

「当然? どうして! 普段からご立派な御託を並べている団体ばかりなんだから、ここはしっかりと責任を取る姿勢を見せて欲しいわ」

自分は正しい、と確信している相手と話すのが、智子は苦手だ。

「先生のご意見は、尤もです。でも、訴訟を起こしやすくするというのが、本当に社会の利益になるのでしょうか」

「こういうものは、弱者の立場で考えるべきでしょう。それこそが、父が求めた患者に博愛を、の精神です」

そう来るのか……。則雄先生は、こんな発想をしない。訴訟を起こしても、先生は病院や医者を敵対視しなかった。医療従事者の行いは尊いし、いくら敬意を表しても足りないぐらいだと本気で考えていた。それでも、人は過ちを犯す。その時は、素直に過ちを認め、遺族の悲しみに報いて欲しい――。

それを博愛と呼び、世間は〝則雄イズム〟と呼んだのだ。

だが、彼女に反論したところで、聞く耳は持たないだろう。

「細部については修正が必要だと思いますが、泣き寝入りしていた患者を救うためのサポートとしての基金は素晴らしいと思います」

「でしょ。だから、あなたにも一肌脱いで欲しいのよ」

「具体的には、何を期待されているんでしょうか」

「法案の重要性と素晴らしさを強くアピールするような特集記事を組んで欲しいわね」

「それは上司に提案できるかもしれません」

「提案なんて生ぬるい。あなたは、医療過誤裁判に詳しい一流のジャーナリストなんだから、頭の硬い上司なんて気にせずガンガン書かなきゃ」

「頑張ってみます。そのためには、訴訟資金がなくて泣き寝入りしそうな方を探す必要もあります」

「そこは、任せて。ウチの事務所の案件から、いいのを見繕うから」

「じゃあ、案件をご紹介いただくまでに、しっかり法案を勉強します」

「さすがね。私、考えが柔軟な人が、好きよ」

それは自分に従順な人という意味だろう。この人は、私を操りたいようだけど、それは御免被りたい。

でも――、以前から違和感があった日向律子式の正義を糾弾するには、いい機会かもしれない。

「あとは、片切らと詰めて頂戴。それと、私への単独インタビューも忘れないで」

上機嫌で律子が立ち上がろうとした。

「律子先生、半年前に行われた日弁連の会長選挙の件についてお伺いしたいんですが」

律子の顔つきが険しくなった。

彼女の夫であり、日向事務所の共同パートナーである森本倫雄が、日本弁護士連合会の会長選挙に出馬して、惜敗した。

「あまり答えたくない質問だけど、今日は、特別。何が聞きたいの？」

「森本先生は、選挙について、沈黙を守られています。その理由を伺えますか」

「それは、本人に聞いてください。私は、会長選には一切、タッチしていないので」

森本は律子の対外活動を取り仕切っている。会長選挙について、律子が何も知らないとは思えない。

「そうしたいんですが、選挙後、先生はオランダに行かれたきり、何度取材依頼のご連絡を差し上げても、何のお返事もいただけなくて」

「今は、ハーグの国際司法裁判所で熱心に勉強しているから、雑音を耳に入れたくないのよ。でも返事ぐらいはするように伝えておくわ」

律子は、高級香水の匂いを残し、部屋を後にした。

5

「やっぱり、シンガポール行きは見送ろうと思う」

日曜日の夕方、家族でフラワーパークへピクニックに行った帰りの車中で、結子が突然、言い出した。

「どうしたんだ、急に」

ルームミラーで後部シートの方を見ると、息子の喬太は眠っている。

「最近、ずっと喬太を、ご両親に預けっぱなしにしているでしょ。ちょっと、心配で」

「やめて欲しいと言ってるのに、チョコレートを食べさせたり、何でもかんでも買い与えたりするからか？」

両親と妻の間がぎくしゃくしているのは、今に始まったことではない。だが、この一〇日ほどで、かなり険悪な状況になっていた。

シンガポールで開催される国際学会に結子が出席することが、喬一の両親の耳に入ったからだ。彼らはそれとなく批判や不満を口にする。

そして、一〇日前、喬太が「ママより、ばあばの方が大好き」と口走ったことで、結子の怒りが爆発した。

両親はシラを切ったが、彼らが教えなければ、三歳にもならない喬太が、どうやって思いつくというのだ。

「結ちゃんの海外出張中は、僕が喬太の面倒を見るから安心して」

「それって仕事を早く切り上げるってことでしょ。今、ビッグプロジェクトの佳境なんでしよう？」

「僕がいない方が、仕事が捗(はかど)るんだよ。この段階になると、もう僕の出番はないからね」

ウソだった。開発資金が不足していて、今、必死に集めている。だから、目が回るほど忙しい。

「私は好きなことをやりすぎてる。育児にもちゃんと向き合うべきだって反省してるの」

「国際学会の発表のために、君は膨大な時間を費やし、何度も東京にも出かけたんじゃないか。それを無駄にするのはもったいないよ」

「学会より、家族の方が大切なの」

ウソでも嬉しかった。いや、ウソではないだろう。だが、若手研究者の中でも注目株の結子は夢中で研究に勤(いそ)しんでいる。

妻が世界に認められるのは、夫としても嬉しい。

「大丈夫だから、行ってこいよ」

信号で停止したので、喬一は振り向いた。妻の表情が硬い。

「どうした。そんな怖い目をして」

「私、聞いちゃったの」

「何を？」

「県立大の教授の椅子は、お義父様が学長にねじ込んで実現したって」

そういう噂は喬一も聞いた。父は、県議会の重鎮だ。当選一、二回の若い国会議員と比べても、父の方が地元にも中央にも、影響力があるのは事実だ。

だからといって、県立大学の教授の人事に口出しできるほどの力はないはずだ。

「それは、ウソだよ。きっと教授になれなかった誰かが妬んで、デマを流しているんだよ」

「そうかな。教授にしてやったのは、嫁に地元でおとなしくしてもらうためで、東京や海外を飛び回らせるためじゃない――お義父様がそうおっしゃったって話も聞くけど」

父なら言いかねなかった。

結婚当初、父は結子を気に入っていた。跡取りの孫も産んでくれたから、感謝もしていた。

だが、結子が家事よりも研究に注力することには、嫌悪感を抱いている。

父は「あんまり、嫁を甘やかすな。教授の代わりはいくらでもいるが、喬太の母親は、結子さんだけだからな」と喬一に釘を刺している。

「私、教授になりたいなんて、一度も言ったことないけど」

「分かってる。そもそも、君は慶應で准教授の席が約束されていたんだからね」

「あのね、本当は、ＭＩＴで、教授の話があったの」

「え？……」

「妊娠が分かった頃かな。まだ自信がなかったから、お断りした。でもね、先月、また改めてオファーが来た」

「ぜひ、受けるべきだよ。何を躊躇っている」

「私は三人で一緒に暮らしたいの。だから、無理でしょ」

「それは、何とかするよ」

「あなたの立場だって、会社を立ち上げた頃とは違うのよ。勝手なことは、もう許されないでしょう」

その通りだった。アメリカに行く余裕など到底ない。

新規プロジェクトの予算が膨張したことが収益を圧迫していて、これ以上問題を抱えると、会社の存続が危うくなる。

「じゃあ、断ったのか」

「まだ。シンガポールの学会までは、返事を保留したいとお願いした」

なのに、国際学会に参加しないというのか。

「だったらシンガポールに行かなきゃ。親父やお袋の嫌みなんて気にしなくていい」

話に集中したくて、喬一は車を路肩に停めた。

「この子の将来は、私たちにかかっている。私たちのせいで不幸になることだってある。全ては私たち次第なのよ。その責任を私は全うしたい。喬太のためなら、研究だって捨てられる」

いや、君は研究を捨てられない。だからといって喬太が何よりも大切というのも、本当の気持ちだろう。

結子は時々、互いにまったく矛盾する二つの目標を、同時に実現可能だと思い込む癖がある。

これから三日間は、フランス語の勉強に専念すると宣言した直後に、明日からは、研究室に泊まり込んで実験すると言い出すのだ。

結婚するまでは喬一が「同時に二つは無理だろ」と指摘すると、本人も気づいて慌てていた。

ところが、喬太が生まれてからは、研究と子育ての両方を完璧にこなしたいという思いが強過ぎるのか、到底不可能な宣言をしている自覚がなくなっていた。

彼女の必死さが分かるので、喬一も矛盾を指摘できなくなってしまった。

本当に、喬一と喬太の三人で暮らしたいなら、MITのオファーは、とっくに断っている。

シンガポールの国際学会も、躊躇いなく不参加と回答したはずだ。

だが、喬一の母との関係が悪化すればするほど、研究に没頭してしまい、結果的に義母に頼らざるを得なくなる。にもかかわらず、不満ばかり、いつも口にしている。

そして、「やっぱり研究を休んで、家にいる」と宣言するのだが、結局は、研究室に向かうのだ。

世界的な研究者と完璧な母の二つを手に入れるなんて、無理だ。

「私の完璧主義がいけないのよ。研究者としても母親としても、パーフェクトなんて、所詮、無理だもの。ごめんね、だから、シンガポールには行かない」

喬一は後部座席の方に身を乗り出して、妻の両手を握りしめた。

「結ちゃんは、悪くない。とにかく結ちゃんはシンガポールで今までの成果を発表してくればいい。これからのことは、帰国してからゆっくり考えよう」

だが、結子は首を縦に振らなかった。

「僕にとって、世界で大切なものは、二つしかない。喬太の幸せと結ちゃんの幸せだけだ。だからシンガポールに行ってくれ」

妻の胸元で、エメラルドのネックレスが光っていた。

6

腹の上に何かが落下した衝撃で雨守誠は目を覚ました。目を開くと、五歳の娘ひなたの顔が至近距離にあった。

「パパ！　起きて！」

「おはよう。ひなたちゃんは早起きだな」

「うん。今日は、病院の日だから」

雨守が体を起こそうとすると、ひなたは跳ね起きてベッドから飛び下りた。スポーツがからっきしダメな父親から、よくこんな敏捷な娘が生まれたものだ。

娘はドアを開き、先に通してくれる。最近の彼女のマイブームだった。

「恐れ入ります」

「とんでもないことでございます」

この会話が気に入っているらしい。

ダイニングから、焼き鮭の良い香りが漂ってくる。妻お手製の朝ご飯が、テーブルに並んでいる。焼き鮭、豆腐の味噌汁、生卵、山芋のすりおろし、じゃこおろし……。

妻は、大金持ちの娘のくせに、家事が大好きだ。しかも、料理の腕はプロ級だ。

雨守は急いで洗面所で顔を洗い、食卓に着いた。

両手を合わせて「いただきます」と言ってから、味噌汁を味わう。

ひなたも欲しいと言うと、妻があらかじめお椀に入れて冷ましてあった味噌汁を、娘の前に置いた。

「病院、送っていくよ」

娘のひなたは、心臓に障害を持って生まれた。三歳になるのを待って難しいと言われた手術を受け、それが見事に成功して、日々の生活を心配なく送れるようになったのだ。

雨守が独立して、医者側の代理人を務めるようになった動機は、ひなたにあった。

娘の執刀医だった心臓外科医が、手術直後に亡くなった患者の遺族から提訴されたのだ。しかも患者側の代理人を日向事務所が引き受けた。

どう考えても言いがかりだと、雨守は代表パートナーの日向律子に訴えたが、彼女は退けた。その上、雨守にも遺族側の弁護団に参加せよと命じたのだ。

あの頃のことは、今でも鮮明に覚えている。事務所が事件を引き受けた段階で、雨守は心臓外科医の西城俊之（さいじょうとしゆき）に会いに行った。

西城は、自分が提訴されることを知らなかった。

西城は、提訴なんてあり得ないと楽観していた。だが、律子は、国内でトップレベルの心臓外科医を倒してやると、やる気満々だ。

当時、事務所では一番の勝訴率を誇っていた雨守は、自分が主任代理人に就くと思っていた。そうすれば、この案件について必要だと考える資料をいくらでも入手できるし、原告に提訴断念を説得する道筋もつけやすい。

ところが、弁護団の最初のミーティングで、律子は自ら主任を務めると宣言する。律子より年長で実績があるシニア・パートナーから、「雨守君に任せて、君は本陣にでんと構えていたまえ」と忠告されたのだが、彼女は頑として主任の座を譲らない。

最後は、代表パートナーとしての権限を振りかざし、我を押し通した。

西城の感触を信じないわけではなかったが、勝訴のためなら手段を選ばない律子が前のめりになっている以上、楽観できない。

一度は参加を拒んだ雨守だが、原告弁護団の一員となって、遺族に提訴を断念させるのが、最善の策だと判断した。

雨守は、戦略を変えた。自身がコントロールできないのであれば、積極的に関係者に聴取して、「過失なし」を証明すればいいと考えたのだ。

そして、入手できる限りの情報を精査し、複数の専門家の意見を聞いた上で、「西城医師に、過失なし。提訴は無理」という結論を導き出した。

だが、律子はそれを却下する。

遺族が著名人で、彼女は「絶対に、亡くなったお嬢様の仇を討ちます」と宣言していたからだ。

「律子先生、一〇〇％過失なしの案件を提訴なんてしたら、あなたの弁護士としての見識が疑われます。僕が遺族に説明しますから、ここは撤退しましょう」

「雨守先生、事件で一〇〇％過失なしなんて変でしょ。それに、西城という医者は、医局でも傲慢だと評判が悪いの。大学病院としては、彼の評判に傷をつけたくないから、色々画策して隠蔽している。その一方で、いつかはこんな事件を起こすって予想していたという証言もある。撤退なんてあり得ない」

「いつかはこんな事件を起こす」と律子に言ったのは、西城を嫌っていた先輩医師で、彼の方こそ医局の評判が最悪だったし、表沙汰にはなっていないが、悪質な〝事故〟も起こしていた。

　他にも、西城を傲慢と非難する医師はいた。口も悪いし、女性関係も色々あって悪い評判はいくらでもある。それでも手術に関しては、まさにゴッドハンドの名にふさわしい成果を挙げていた。

「西城先生の人間性はこの際、脇に置きましょう。重要なのは、彼の心臓外科医としての腕です。件（くだん）のオペもパーフェクトだったと教授以下、執刀に参加したスタッフが、口を揃えて言っています」

「そこが、あなたの弱点ね。相手を信用した途端、なんでも白にしてしまう。皆が口を揃えていることこそ、問題なのよ。人間の記憶はね、もっとブレるもの。あれは、何か隠している」

「それこそ、邪推じゃないですか。ファクトとデータを精査するのが、我々の仕事です。則雄先生も、それを第一に考えておられました」

議論に故則雄代表の名を出したのが間違いだった。

律子が、怒り狂った。

「ちょっとラッキーで勝訴が続いているからって、何か勘違いしているんじゃない？　あなたのようなガキが、父を引き合いに出すなんて、百年早いわよ。そこまで言うなら、弁護団から外れてもらう」

周囲が、律子を取りなして、弁護団からの排除は避けられたが、ホンネを言えば、辞表を叩きつけて、西城の代理人を買って出たいところだ。だが、それは、利益相反になる。

それでも、西城に会いに行った。その行為自体が、弁護士法に抵触する可能性があるのは、承知の上だ。

深夜の病院の食堂で、三〇分、西城に現状を説明し、雨守が知る中で、最高の医療弁護士を紹介すると提案した。

だが、西城は取り合わず、「雨守さん、あなたの厚意はありがたいが、もう会いに来ないで欲しい」と突き放した。

悪い時には、不運が重なるものだ。

医療過誤訴訟の要諦をまったく理解できていない弁護士が、大学病院と西城の代理人となった。さらに、日向事務所の優秀な調査員が、大学病院内で、カルテの改竄の事実を見つける。改竄の必要のない些細な項目を、「完全無欠な証拠」に仕立てるために、愚行を犯していたのだ。

とどめが、患者が死亡したのは西城が教授のアドバイスを無視して誤った術式を採ったことによるという、教授の証言だった。教授が、西城を陥れたのだ。そして、医局や大学病院関係者は、口をつぐんで彼の援護をしない。

それが決め手となって、原告の勝訴となる。さらに、教授の証言によって、警視庁が西城を業務上過失致死罪で逮捕した。

そのタイミングで、週刊誌が「ゴッドハンドは、傲慢ハンドだった」という酷い見出しの記事を発表、週刊誌やワイドショーでの集中砲火が始まった。そして、SNSは大炎上する。

雨守は、親しくしている毎朝新聞の医療担当記者に接触し、西城が教授に嵌められたと訴えた。

毎朝新聞の記者は、近く記事にするという。そして、西城に取材したいが、全く連絡が取れないと相談される。

二度と自分の前に現れないでくれ、と西城から釘を刺されていたのだが、雨守は会おうと試みる。まさにその日、西城が自宅で死んでいるのが発見されたというニュースが飛び込んできた。

死因は、睡眠薬の過剰摂取だが、警察は、事件性はないと結論する。

毎朝新聞も記事の掲載を見送ってしまう。疑惑はあるものの、医学界の大物である教授を糾弾するには、裏付けが弱いという判断らしい。

一方、雨守が独断で行った西城の復権活動を、律子が厳しく叱責し、シニア・パートナーの座を剥奪する。

西城を救えなかった自責の念に押し潰されそうだった雨守は、その場で辞表を叩きつけて、家族三人で日本から脱出した。

弁護士なんて、二度とやるものかと、その時は強く心に誓った。

いきなり目の前で、妻が指を鳴らした。

「まこっちゃん！　また、黄昏れているけど、今の私の話、聞いてた？」

「あっ、ごめん。何？」

「今日は、佐野さんが、来てくれるからいいわ」

不動産業を営む義父のおかかえの運転手のことだ。

「ええー、パパも一緒に病院に行こうよ」

「よし、今日は特別にひなたの言うことを聞こう」

ダメ！　と妻が睨んでいる。

仕事をしろというのではなく、甘やかすなという意味だ。

「ひなたちゃん。パパはお仕事に行くの。パパがお仕事しないと、ひなたちゃんは、明日からパンケーキ食べられなくなるよ」

だが、娘は大喜びしている。

雨守は急いでご飯をかきこんだ。

# 第二章　急患

## 1

「送り、本当に大丈夫?」

「大丈夫。保育士さんに、お父さんの頑張りを見てもらわないと」

沙恵が心配そうに、堀江の顔を覗き込んでいる。

早番の図書館職員が病欠したので、代わりを頼めないかという電話があった。こういう急な出勤に限って沙恵に要請してくるのは、彼女一人が、契約職員だからだと堀江は見ている。ほとんど強制に近く、れっきとしたパワハラだった。しかし、沙恵は嫌な顔一つせず引き受ける。

だから堀江は、子どもたちの保育園への送り出しを代わることにした。

出勤時間は少し遅れるだろうが、急患の連絡はない。

普段の育児は妻に任せっきりだし、こういう時ぐらい、役に立ってやりたかった。

「二人とも、お父さんの言うこと聞いてね！　お母さん、いってきます」

いつもは電動アシスト自転車の前後のシートに乗るのに、今朝は車に乗って通園できるので、子どもたちは大喜びだ。元気よく母親に「いってらっしゃい！」と叫んだ。

「よし、荷物はオッケーかな」

可能な限り自分でやらせるというのが、堀江家の取り決めなので、三歳の幸平も、一人で準備する。それを、兄が手伝って、最後は二人で「オッケー！」と答えた。

渋滞もなく、予想より早く園の門をくぐった。

最近、自我が芽生えてきた長男の一平は「じゃあね」と言って、下駄箱に靴を入れて階段を上っていく。次男には、お見送りのハグが必要だった。

「あっ、堀江先生！　おはようございます。どうしたんですか、珍しい」

園長に声をかけられて、堀江は苦笑いした。保育園の園医を務めているので親しくしている。

「たまには、父親らしいところを見せないとね」

朝の申し送り事項を書き込んでいると、次男の担任の保育士に挨拶された。

「幸平くん、おはよう！　先生、おはようございます！　幸平くん、お父さんに送ってもらって良かったね」

幸平はまだ堀江の足にしがみついている。

「お迎えには母親が来ます」

幸平をハグしようとしたら、友達を見つけたようで、「あっ、キョウちゃん！」と言って幸平はすぐに離れていった。

キョウちゃんと呼ばれた男児も、父親が送りに来ていた。やけに急いでいるようだ。見覚えがあるような気がしたので軽く頭を下げ、堀江は園長に会釈して園を出た。

2

野々村喬一の朝は、最悪だった。

前日の仕事が終わったのは深夜だった。

資金調達がままならず、夜遅くまで投資の依頼作業に追われた。その上、県庁との共同プロジェクトに問題が生じて、その対応を協議しているうちに、すっかり日付が変わっていた。

妻の結子が、シンガポールでの学会に旅立って三日。実家から母が来て泊まり込んでくれているが、今朝に限って前からの約束があるとかで、早い時間に出かけてしまっていた。

それでも、朝食は用意してくれていたので喬太と二人で摂ったのだが、食べ急いだからか、途中で喬太が戻して、ひと騒動あった。

朝から重要な会議が予定されているのに、予定より三〇分以上遅れてしまった。

「よし、喬太行くぞ！」

調子を戻した喬太が、喬一の真似をして拳を突き上げた。

自宅を出てすぐに、渋滞に捕まった。

喬一は舌打ちして、細い路地に入った。

「パパ、きょうは、はやい？」

後部座席のチャイルドシートから、喬太が帰宅時間を尋ねてきた。

「頑張るよ。昨日は、ばあばと何食べたの？」

「わすれた」

「なんだよー。頑張って思い出してよ」

「わすれた。はやくかえったら、おしえてあげる」

「分かった。じゃあ、何かお土産も買ってくるよ。何がいい？」

「ゴモラ」

息子はウルトラマンの怪獣にハマっている。喬一すら生まれていなかった頃の初代ウルトラマンやウルトラセブンがお気に入りで、祖父に買ってもらったＤＶＤを飽きもせず観ている。ゴモラは、ウルトラマンに登場する怪獣だったような気がする。

結子からは、ご機嫌取りに物を買い与えるのは厳禁、と言われていたが、今日は特別によしとする。

「よし、約束！　ママには、内緒だぞ」

小指を後ろに向けて差し出すと、小さな小指が絡まった。

「ないしょ、ないしょ――ねえ、ママは？」

しまった！　母親の不在を忘れさせなければならなかったのに。

「言ったろ。ママは今、ウルトラマンに呼ばれてシンガポールっていうところに行ってるんだよ」

「きょう、かえってくる？」

「後で、聞いておくよ」

「ママ、きょう、かえってくる？」

うまい切り返しが思い浮かばず、喬一は黙り込んだ。数秒で喬太がぐずり出した。

「ママァ！」

ああ、もう最悪だ。

叱ったら、状況はもっと悪化するので、喬一は沈黙に徹した。暫く(しばら)したら泣き止む、はずだ。

スマートフォンが鳴った。秘書からだ。通話ボタンをタップする。

〝社長、おはようございます。今、どちらですか〟

「悪い、今、息子を保育園に送っている」

〝皆さん集まってますけど、どうしましょうか〟

車のデジタル時計が七時四二分と表示されている。

メインバンクを交えた資金調達会議が、八時から始まる予定だった。

「研（けん）ちゃんいる？」

開発担当の専務を呼んでもらった。

〝悪いなあ、お取り込み中〟

「こっちこそ、ゴメン！」

喬太の泣き声のボルテージが、最高潮に達していた。ハンズフリーで話しているのだから、車内の音は向こうに丸聞こえだ。

〝ゆるゆると始めておくよ。ただ、一点確認だ。新規融資の連絡は入ってる？〟

「まだ」

〝じゃあ、メインバンク様に、縋（すが）り付くからな〟

る。研ちゃんこと中田研三は高校時代からの親友で、共に会社を立ち上げたパートナーでもある。

財務管理については、もう一人のパートナーである常務が受け持っていたのだが、彼が先月退職した。辞めて分かったのだが、会社のカネを三〇〇〇万円使い込んでいた。そのせいで、今や会社は瀕死の状態だ。

やっと保育園に到着したが、駐車場は満車だった。少し待っていれば空くはずだが、時間が惜しかった。歩道脇に車を停めた。

「よし、喬太隊員、保育園に到着したぞ。準備はいいか」

不意に喬太は泣き止んで拳を突き上げた。

「りょうかい！　しゅっぱつ！」

今まで泣いていたのに、すっかり上機嫌だ。

呆れている父など全く無視して、喬太は保育園に駆け込んだ。さっそく友達を見つけたようだ。

「コウちゃん！　おはよう！」

同じクラスの男の子とハイタッチしている。その子にも、父親が付き添っていた。面識はなかったが、会釈して登園時刻を記録して、保育士に声をかけた。

「今朝、食事を少し戻しました。熱とかはないんで、慌てて食べたせいだと思いますけど」

「了解です。喬ちゃん、パパにご挨拶！」

　喬太は、背筋を伸ばして敬礼した。

　車の駐車場所に戻ると、警官が立っていた。

「ここは、子どもが多いから、停車も禁止ですよ。免許証を拝見します」

　冗談だろ。今は、一刻を争うんだ。

「勘弁してくださいよ。子どもを保育園に送り届けただけです。ハザードランプも出してたじゃない」

「駐停車禁止です。ハザードランプの問題じゃないんです」

「あのさあ、みんな朝は忙しいんだよ。こんな細かいことで、仕事の邪魔するのやめてくれないか」

「忙しい時だからこそ、安全第一でお願いします。免許証を見せてください」

　喬一は、怒り心頭に発した。

「見せてもいいけど、後悔するよ」

「どういう意味ですか」

しょうがない。喬一は免許証を警官に渡してから、父の秘書に電話を入れた。

〝おはようございます。何かありましたか〟

「保育園の前で、たった三分停車しただけなのに、駐禁取られちゃいまして。あまり、こういうことやりたくないんですけど、今朝は超多忙で一秒でも惜しいので、お口添えいただけませんか」

〝それは、よしておきましょう〟

即答されて、呆然とした。

「何で、ですか」

学生時代に何度か、似たようなもみ消しを頼んだ時は、秘書は二つ返事で応じてくれたのに。

〝ぼっちゃんも、今やお立場のある方です。駐禁ごときを、お父上の威光でもみ消すなんておやめになった方がいい。では、ごめんください〟

切れた電話に「ふざけんな！」と叫んだら、保育園に向かう女児がびくっとして、泣き顔になった。

「ああ、ごめんね」

女児の母親に、険しい目で睨まれて、喬一はもう一度謝った。

「ご用事は、済まされましたか」

警官の慇懃(いんぎん)な態度に、さらに向かっ腹が立ったが、堪(こら)えた。

「まあね」

そこで、スマートフォンが鳴った。父の秘書かと思って画面を見たら、自身の秘書だった。出ようとしたら、警官が話しかけてきた。

「では、ご説明します」

「悪いけど、それは省略してくれ。今、会社がピンチなんだ。一刻を争う。反則金を払えばいいんだろ」

「ここは、駐停車禁止場所です。したがって、反則金は一万二〇〇〇円で違反点数は二点になります」

「ちょ、ちょっと待ってくれ。駐禁は一万円、一点だろ」

「ですから、ここは駐停車禁止場所なので、反則金は一万二〇〇〇円で違反点数は二点です」

既に二回免停になっているのだ。二点加算されたら、即、免停になる。

「いや、一点でしょ」

「野々村さん、お急ぎなんですよね。なぜ、ここが駐停車禁止なのかの説明からした方がいいですか」

くそ、おまえの名前覚えておくぞ！

観念した。喬一は署名して拇印を押すと、車に乗り込んだ。

「お急ぎでも、くれぐれも安全運転を心がけてください。焦りは事故の元です」

3

万策尽きた喬一のデスクの固定電話が鳴った。

〝俺だ〟

父親の喬太郎からだった。

「ああ、父さん、ごめん、ちょっと今取り込んでいて」

〝金策に走っているという噂が聞こえてきたが〟

さすが、県議会議長を長年務めている男は、地獄耳だ。

〝今晩、空いているか〟

「いや、結子が、シンガポール出張だからね。僕は、喬太を迎えに行って、一緒に晩ご飯を食べなきゃいけない」

〝何を言ってるんだ。喬太は、昼飯を食ったら、調子が悪くなったたって、保育園から連絡があったろ。ばあさんが迎えに行くって言ったぞ〟

「えっ！　そんなの聞いてない！」

〝保育園がおまえに連絡を入れたけど、反応がなかったから、ばあさんに電話があったそうだぞ〟

慌てて着信履歴を見ると、午後一時三分と七分に保育園から、そして、一一分に母から着信があった。さらに、母は、ＬＩＮＥで〝喬太ちゃんが、お昼ご飯を吐いたそうなので、お迎えに行ってきます。おたくの賢いお嫁さんに言っておきなさい。まともに育児もできないんだったら、私の言うことを聞いて、お手伝いを雇いなさいって。私は、あなたたちのお手伝いさんじゃないんですからね〟と怒りをぶつけていた。

〝おい、聞いてるのか〟

「ああごめん。母さんには、あとで電話して謝っておくから。じゃあ今、大変なんで、切るよ」

〝そんなに嫌がるな。どうだ喬一、今回は俺に、息子孝行させてくれないか。おまえの会社に投資したいという人物がいる。その人との会食を今晩、『だるま屋』でセッティングしてある〟

『だるま屋』は、県内随一の料亭だ。

〝俺が普段世話になっている方の甥御さんでな。ベンチャーキャピタルを経営している〟

どうせ、利権で持ちつ持たれつの怪しい社長だろう。

「何ていう人？」

〝エンジェル・ハート・キャピタルの社長で濱野舜さんという方だ〟

ウソだろ。

「何で、濱野さんを知ってるんだ」

エンジェル・ハート・キャピタルは、国内のベンチャーキャピタルの中でも、屈指の名門だ。

〝いや、俺が知ってるのは、濱野さんの伯父さんだ。沼部興産の沼部会長。おまえも何度か会っているだろう〟

父の後援会長を務めた人物で、既に七〇歳を超えているが、未だに地元経済界に影響力を持っている。あの爺さんの甥が、濱野さんだとは。

「まさか、濱野さんが直々に会ってくれるわけじゃないんだろ」

〝会ってくださるんだよ。だから、六時半に『だるま屋』。遅れるなよ〟

電話が切れても受話器から手が離せなかった。

念のために濱野舜のプロフィールをネットで調べてみた。「濱野舜」と「沼部豪一」を並べてGoogleで検索をかけたら、沼部会長のブログがヒットした。「最愛かつ自慢の甥と」というタイトルの日記も上がっていて、ツーショットの写真もあった。

思わず「救いの神が現れたぞ！」と叫んで、社員に向かってガッツポーズをして見せた。

「よし、前祝いに二人で、もう一軒行こう！」

『だるま屋』ですっかり意気投合して、喬一の会社への投資を快諾してくれた濱野が上機嫌で言った。

「それがいい。若いもんは、もっと楽しまんとな」

沼部会長が言うと、父も頷いた。そして、息子を廊下に連れ出した。

「『麗花』に行け。あそこが一番のクラブだからな」

「いや、僕は、ああいう場所は苦手だ」

「バカ。おまえの好みの話はしていない。濱野さんは、クラブがお好きだそうだ。ママには俺から電話しておくから、しっかりおもてなしをしてこい。支払いはいい」

悔しいが、父には逆らえない。

喬一は深々と頭を下げた。

濱野が『だるま屋』の女将（おかみ）と話しているのを見て、喬一は自宅に電話を入れた。

〝もしもし？〟

喬太が出た。

もう九時過ぎだ。寝ているはずじゃないか。

「ああ、喬太。パパだけど……」

いきなり電話を切られた。

もう一度かけ直すと、今度は母が出た。

「喬太は？　今、なぜか電話が切れちゃったんで」

〝怒ってるのよ。ウソつきって。あんたが早く帰ってくるなんて約束するから〟

「だから、それを謝ろうと思って」

〝無理ね。拗（す）ねて『アンパンマン』を観てるから〟

「母さん、もう寝かしてくれよ。九時過ぎだよ」

〝もう少ししたらね。パパが約束破ったんだから、仕方ないでしょ〟

また結子が不機嫌になるな。

「それで、喬太は結ちゃんとSkype（スカイプ）で話してた？」

〝スカートって何の話？〟

今晩八時に、Skypeで結子が連絡してくるので、リビングにあるノートパソコンを開いておいてくれとあれほど言ったのに！

〝電話なら、かかってきて、暫く話してたわよ。結子さん、何であんたが家にいないのかと聞いたり、パソコンのことをあれこれ説明しようとするのだけど、分かるわけがないでしょ〟

スマートフォンを見ると、海外からの電話の着信が何件もあった。結子だった。

〝で、あんたは何時に帰ってくるの？〟

「接待で、もうちょっと掛かる。悪いけど、喬太を寝かしつけといてくれるかな」

母との会話を終えて、妻に電話をしてみたが、出なかった。

「おーい、喬一、いつまで電話してる？　パーッと行くぞ！」

4

帰宅した時には、午前三時を回っていた。

足音を忍ばせ、息子の寝室に向かった。

暗闇を怖がるので、ルームライトが点いている。寝顔をのぞき込むと、顔が青白いように見えた。だが、母は〝食欲は今ひとつなかったけれど、機嫌よくテレビを観ているし、心配しなくても大丈夫〟と言っていた。

布団を蹴飛ばしていたので、かけ直した。

喬太、ホントごめんなあ。ゴモラは、明日、買ってくるから。

水を勢いよく飲んでから、リビングのソファに座り込んだ。

起死回生だった。父の人脈が救ってくれた。

親子の蟠り(わだかま)より、ビジネスが最優先だ。だとすれば、僕はよく頑張った。

やがて喬一はソファで眠り込んでしまった。

体を揺すられて、喬一は目を開けた。母と目が合った。

「喬ちゃん、具合が悪いみたい。熱があるのよ」

慌てて飛び起き、リビングの掛時計を見上げた。

午前四時か。

子ども部屋に駆け込んで息子の額に手を当てた。

熱い！

「喬太、喬太」

呼びかけながら体を揺すると、力なく目を開けたが、夢うつつのような表情で目を閉じてしまった。呼吸が異様に荒い。

「救急車、呼ぼう」

「ちょっと、それは大袈裟じゃない？　もう少し様子を見たら？　子どもの高熱なんて珍しくもないんだから」

「いや、病院に連れて行くよ。母さん、運転してくれる？」

「こんな夜中に」

「頼むよ。僕はまだ、酒が抜けてない」

昨日は駐停車禁止場所で違反切符を切られているし、そのうえ酒気帯びで切符を切られたりしたら、免許取り消しになる。

「しょうがないわね。喬ちゃんの体温を測って。それと、タオルを濡らして体を拭いてあげて。哺乳瓶にお水入れて、水分補給ね」

「哺乳瓶？　喬太はコップで飲めるよ」

「こんな時は、哺乳瓶の方がいいの」

母は、洗面所にタオルを取りに行った。喬一はキッチンの棚や引き出しを確かめるが、哺乳瓶が見つからない。

「あっ、そうだ、冷蔵庫に解熱剤の座薬があったわ。あれを試してみましょうよ」

母に体温計を渡して、冷蔵庫に走った。庫内をかき回すと、小さなドアポケットに座薬があった。

「大変、四〇度を超えちゃってるわ。水分摂らせなきゃ。哺乳瓶、早く！」

「それが見つからないんだよ！」

キッチンのあらゆる棚を開けて、ようやく食器棚の奥に押し込まれた哺乳瓶を見つけた。瓶を熱湯で消毒して、水を入れた。

哺乳瓶を渡すと、母は喬太の口元に持っていったが、口を開くのすら嫌がる。

喬一は、枕元に座ると、息子の小さな手を握った。ぞっとするほど、息が熱い。

どうしよう……。結子に連絡した方がいいんだろうか。

シンガポールとの時差は、一時間だから、向こうは午前三時半だ。

電話をしても、出ないだろうな。

喬太が目を開けた。

「喬太、大丈夫か」

だが、焦点が定まらないようだ。もう一度、呼びかけようとしたら、いきなり吐いた。

「喬太！　苦しいのか？　すぐ診てもらおうな」

小さな背中をさすってやると、今度は体を弓のように反らして痙攣し始めた。

「ひきつけを起こしたのね」

母がすぐさまスプーンを、喬太の口に入れた。

「な、何してんの？」

「ひきつけを起こしたら、舌を嚙まないように、こうするの。あんた、ほんとダメな父親だねえ。大騒ぎしなくても、すぐに治まるから」

喬太はよくひきつけを起こす。母もそれはよく知っているから、落ち着いているのだろう。心配性の結子もいつも慌てず対処している。結局、自分が誰よりもおろおろして役に立たないのだ。

とにかく結子にも知らせようと、電話を入れたが、寝ているのか、応答がない。

「母さん、やっぱり救急車、呼ぼう」

「こんな時間にご近所に迷惑でしょ。私が運転してあげるから車で行きましょ」

母が喬太に新しい下着とパジャマを着せ、喬一が抱きかかえ、車に運び込んだ。

運転席に座った母が尋ねた。

「どこに連れて行くの？」

「こんな時間じゃ、賢中病院しかないよ」

車がガレージから出ると、大粒の雨がフロントウィンドーを叩いた。

## 5

夜明け前、おまけに土砂降りの悪天候で道路は車一台走っていない。母を急かして、飛ばせるだけ飛ばしてもらった。

父親に抱きかかえられた喬太は、ぐったりしたきり動かない。

母が信号に気づくのに遅れて急停止した。その衝撃で喬太が嘔吐した。

「ちゃんと安全運転してよ。喬太が吐いたじゃないか！」

喬太の口元や胸元をティッシュで拭いてやった。

その時、喬太が目を開いて唸った。足を棒のように突っ張らせたかと思うと、再び激しい痙攣が始まった。

「喬太、がんばれ！　もう少しで病院だ」

口の中にスプーンを押し込んで、息子を抱きしめた。

一一九番すべきだったか……。

ようやく、車が賢中病院に到着した。

車が停止するなり、喬一は喬太を抱え、病院の救急・夜間入口に飛び込んだ。

受付には人がいなかった。

廊下を走り、ドアが開けっ放しになっている部屋に入った。

「あの、すみません！　子どもが高熱で、痙攣しているんです！」

看護師がすぐに喬太の体を検める。

「熱は、何度ありましたか」

「四〇度三分でした」

「高いな。何か、お薬とか飲ませましたか？」

「解熱の座薬を入れました。それから車の中でもう一度、痙攣を起こしまして」

喬一が答えると、看護師の表情が硬くなった。

「どんな痙攣でしたか」

「どんなって？」

「痙攣の状態です」

「えっと、全身を突っ張って、白目を剝いて」

「ここには、どうやっていらしたんですか」

「うちの車でです」

その時、夜間入口から救急隊員が入ってきた。ストレッチャーで運ばれている人が辛そうに呻いている。

「もう一度体温を測ってもらえますか。それからできるだけ詳しく、症状を書いてください。特に痙攣について」

用紙を挟んだクリップボードを渡された。

「あの、保険証を忘れちゃったみたいです」

「それは、後でいいです。それより、母子手帳をお願いします」

「母子手帳？　そんなものがいるんですか」

「生まれた時からのお子さんの記録ですからね。予防接種の確認もできますから」

「すみません。それも忘れました」

「失礼ですが、お子さんのお母さんは？」

「今、海外出張中でして。さっきから連絡を取ろうとしているんですが。でも、予防接種は全部打っているはずです」

硬い表情のまま、看護師は処置室に消えた。

「母さん、母子手帳がいるらしいんだ。悪いんだけど、すぐに帰って取ってきて欲しい」

「母子手帳？　そんなもの、何に使うの？」

「喬太の成長の記録と予防接種の確認がしたいんだって」

「だったら、私が答えてあげるわ」

そういう話じゃないんだよ。

「ねえ、お願いだから、頼むよ。一度家に帰って、取ってきてくれよ」

看護師が若い女性医師を連れて戻ってきた。

「小児科の丸本先生です」

丸本は喬太の額や手首を触診している。

聴診器を装着すると、看護師が喬太のパジャマをまくり上げた。呼吸が弱い。

「熱は四一度を超えていますね。すぐに処置しないと。母子手帳をお願いします」

「それが、持ってくるのを忘れちゃいまして」

若い医師の目には非難の色が浮かんだ。

「予防接種の有無は分かりますか」

「全部、受けています」

「全部、ですか？　お子さんは、おいくつですか」

「二歳九カ月です」

「日本脳炎も、接種済みなんですね」

自信はなかったが、結子が時々仕事を休んで、喬太を予防接種に連れて行くのは知っているので、「はい」と答えた。

「これに、記入してください」

クリップボードに挟んだ予防接種確認表と記された紙が渡された。

喬一が書き込んでいる間に、看護師が喬太を抱き上げ、ストレッチャーに乗せた。

「ルートを確保して、採血。その後、点滴お願いします。それと、ＣＴの準備を」

診察室に移動しながら、医師が次々と指示を飛ばした。

「心拍数一六〇、呼吸数六〇、血中酸素濃度（$SpO_2$）九六%……九四%です！」

看護師が、測定器の数値を読み上げている。

もしかして、とんでもないことになっているのではないか。喬一は、数値の降下が恐ろしくて、体が震えた。とにかく早く治療して欲しくて、予防接種確認表の予防接種の全てにチェックを入れた。

「普段、お子さんをなんて呼んでらっしゃいますか」

「えっ？　ああ、喬太です」

「お母様も、同じ呼び方ですか。愛称とかは、なし？」

そんな雑談している場合かと思ったが、答えた。

「えっと、きょうちゃんかな」

かつては結子が喬一をそう呼んでいたのだが、喬太が生まれてからは、喬一に対して「あなた」か「お父さん」になって、息子を「きょうちゃん」と呼ぶようになった。

喬一は、チェックを終えたボードを、丸本医師に渡した。

「これで、本当に間違いありませんか」

確認表を受け取った丸本が聞いてくる。

「妻が連れて行ってたので、多分……。あの、予防接種を受けたかどうかなんて、そんなに重要なことなんですか」

「お子さんが、高熱を出したり痙攣したりする病気は、たくさんあります。熱や痙攣という症状は同じでも、病気によって対処法が違うのはご理解いただけますよね。中には命の危険があるものもあります。その大半が、予防接種をしていたら、発症しないものなんです。接種していれば、その病気は除外して、より早く確実に病気を突きとめられます。ですから、お父さんが確実に分かってらっしゃる接種を教えてください」

ダメだ……やはり、母子手帳がいる。

「すみません、分かりません。今から母に手帳を取ってきてもらいます」

隣で話を聞いていた母も、今度は抵抗しなかった。車のキーを持って出て行った。

「ご自宅と車内で痙攣を起こされたそうですが、どんな様子だったか、教えてください」

「最初は、ひどい高熱で。座薬を入れたり、水を飲ませたりしていたんですが、いきなり吐いて、そのまま痙攣が始まりました。歯を剝き出して、体を突っ張って」

「最近、屋外で怪我をされませんでしたか」

こいつ、何、言ってんだ。

「怪我って、先生、喬太は熱が出て」

「それは、分かっています。歯を剝き出して痙攣するのは、破傷風の症状でもあるんです。ですから、伺っています」

「ええと、保育園から、そんな話は聞いてませんし、特に傷はなかったような……」

そこでようやく、昼食の後に吐いて、母が迎えに行ったと言っていたのを思い出した。それを伝えた。

「吐いたのは一度だけですか？」

「あっ、朝食後にも少し戻しました。あれは、慌てて食べさせたせいで……」

「保育園を早退してから、病院へは？」

「いや、母によると、帰宅したら元気になったので、連れて行ってません」

父親なのに、何も答えられないなんて。しかも酒臭いに違いない。医師や看護師と目が合うたびに非難されているようで、泣きたくなった。

「衛藤さん、念のために破傷風のワクチンを用意してください」

「あの、もっとベテランの先生はいらっしゃらないんですか」

「お父さん、丸本先生は小児科の先生ですし、優秀な方ですよ」

ワクチンを取りに行きかけた看護師が振り向き、厳しい口調でたしなめた。

丸本は聴診器を当てながら、胸や腹のあちこちを押して何か確かめている。

「二度目の痙攣の時は？」

「前より激しくなった気がしました。足を棒みたいに突っ張らせて、全身痙攣しました」

丸本の視線が息子から喬一に移った。

「弓なりのような感じですか」

「ええ」

「両腕の様子は、いかがでしたか」

「よく覚えていませんが、突っ張っていたかなあ。それは重要ですか」

「痙攣の状態も、診断の判断材料になるんです。詳しく教えてください」

「……すみません。細かい記憶はありません」

ダメ親め……。最低だ。

看護師が診察室に飛び込んで来た。

「CT、今運ばれてきた多発外傷患者さんに先を越されてしまいました」

ほぼ同時に、バイタル測定器のアラームが鳴った。

「お父さんは外で待っていてください」

「ここにいては、いけませんか」

丸本は答えようともせず、息子の容態と計器の数値を見ている。

「治療しますので、廊下でお待ちください」

看護師に追い立てられて、廊下に出た。

喬一は、スマートフォンを取り出すと、再び結子を呼び出した。

## 6

遠くで電話が鳴っていた。

ハッとして、目を開けた堀江は一瞬、どこにいるのか分からなかったが、身を起こしたところで、会議室で仮眠していたのを思い出した。

テーブルの上で院内電話（PHS）が鳴っていた。

「はい」

〝ＥＤ衛藤です〟

「急患ですか」

〝二〇分前に、自家用車でいらした二歳九カ月のお子さんなんですが、ジャパン・コーマ・スケールのⅢレベルです〟

　患者の意識状態を示す指標であるＪＣＳがⅢレベルならば、痛みのような刺激を与えても覚醒しない状態に陥っているということだ。

「すぐ行きます。処置は誰が？」

〝丸本先生です〟

　すぐに丸本が電話に出た。

「状況を教えてくれ」

〝到着時の体温が、四一度二分、自宅と移動中の車内で痙攣を起こしたそうです〟

　丸本の声がかすれている。

「予防接種は？」

〝お父さんが連れてきたのですが、ご自身では分からないそうで。母子手帳もないので未確認です〟

「母親は？」

〝海外出張中だそうで。今、患者の祖母が、母子手帳を自宅に取りに帰っています。二度目の痙攣は除皮質硬直によるもののようです。JCSは、Ⅲの200です〟

一言で痙攣と言っても、脳に起きた障害によって状態が異なる。除皮質硬直なら、きわめてまずい。

堀江がEDに入ると、丸本は気道確保を終えたところだった。そして患者の枕元に近づき、優しい声で「きょうちゃん！ がんばれ！ きょうちゃん！」と繰り返している。

「丸本、代わろう」

堀江は、ぐったりしている二歳九カ月の男児の状態を手早く検める。

「血液検査は？」

「CRPが1・6（mg/dl）、白血球数21390です」

それは、危険水域と言ってもいい値だった。

「それと、朝食後と昼食後に嘔吐したそうなのですが、医師に診せていないそうです」

「それは、まずいな」

「細菌性髄膜炎の可能性が、高いと思います」

そう診断するには、まだ、不確定要素が多過ぎる。

「頭部ＣＴは？」

「交通事故で多発外傷の患者が使ってます。あと、五分ほどで空くと言われていますが」

思わず舌打ちが出た。その五分が命取りになるかもしれないというのに!!

「先生、先に髄液を採りますか」

「ダメだ。脳浮腫の状態が分からないと、髄液採取で悪化の恐れがある。アンピシリンとセフォタキシムの３００を」

堀江の目の前で、幼子の生気がどんどん失われていく。ベッドサイドモニターのデータも、幼児の命の炎が先細っていくのを示していた。

この症状なら、可能性は二つ。

麻疹か、細菌性髄膜炎か……。

「先生、ＣＴ、空きました！」

丸本の声がすると同時に、モニターのアラームが切り裂くように鳴った。

心肺停止――。

「丸本、心マ（心臓マッサージ）！　衛藤さん、エピを生食（生理食塩水）で10（ミリリットル）に伸ばして１・５（ミリリットル）ショットにして！」

三歳未満だけに、蘇生剤も軽はずみには使えないが、ここは躊躇っている場合ではない。

「きょうちゃん！　頑張れ！　アンパンマンも応援しているわよ！　ほら、アンパンチで、ばいきんまんやっつけなきゃ！」

幼児の胸を押しながら、丸本が話しかけている。

丸本は、額に汗を浮かべて、マッサージを続けている。

「きょうちゃん、頑張れえ。ママがもうすぐ来るよ！　お願い、頑張って!!」

丸本の悲愴な声が響く中、さらにエピネフリンを打った。

頑張れ、きょうちゃん。

ママに会えなくなるぞ。ママが帰ってくるまでに、元気になるんだ。

頑張れ！

負けるな！

衛藤がさらに一〇分経過したことを告げた。

最後の一押しに魂を込めたが、喬太の体に、生気は戻らなかった。

「衛藤さん、エピ！」

丸本が叫んだ。

衛藤が、許可を求めるように堀江を見ている。

限りなく無駄なのは分かっているが、頷いた。

「アンパンマン、新しい顔ができたよ。だから、こっちに戻ってきて、きょうたくん！」

五分経過したところで、堀江が丸本に声をかけた。

「丸本、そこまでだ。衛藤さん、午前五時四七分、ご臨終です」

野々村喬太は、二年九カ月と一一日の命を終えた。

# 第三章　提訴

## 1

一週間後――。

堀江は、スウェーデン第三の都市、マルメにある王立予防医学研究所で、最終面接を受けていた。

「堀江さんの問題意識は、我々にも重大な示唆があって大変興味深い。ですが、研究テーマには、日本独特のローカル性も感じられます。敢えて、マルメで研究する意義とは何でしょうか」

少子高齢化が深刻化していると叫ばれる一方で、大切な子どもの命を救う日本の小児科医療は、脆弱化している。

堀江が医学部生だった頃、「内科医を目指すなら、高齢者医療に進め。小児科医なんて、やがて不要になる」と言われて、ショックを受けた。

社会の変化に目を遣ると、インターネットや書籍などで仕込んだ情報を武器に、親が医師を攻撃するようなケースも増えてきた。彼らは、潔癖なほどの衛生観念だ。

一方で、親の貧困や、ひとり親の増加によって、育児が蔑ろにされるケースも増えている。子どもたちの環境は複雑化しているのに、小児科医は日々の治療に忙殺されて、一向にアップデートされない。

これらの問題は、単に小児医療という狭いカテゴリーで考えていては、解決策は見えてこない。公衆衛生学や社会学、福祉学の領域を横断しながら、少子化時代の育児と小児医療についての未来図を描く必要がある。

それが、堀江の志望動機だった。

「日本の医療現場では、私のテーマを客観視し、熟考するのは難しい。何よりこのラボは、世界で最も小児医療研究の成果を挙げておられる。そういう場所に身を置くことで、我が国の問題点はさらに明確になり、美点も見えてくると確信しています」

「わかりました。質問は以上です。お疲れ様でした。今夜は皆でディナーを楽しみましょう」

握手を求めてきた所長が言った。

そんな予定は聞いていない。

つまり、採用決定なのだろうか。

堀江をホテルまで送ってくれたのは、エリック・ビランデルという名の若い研究員だった。金髪を長く伸ばし、ほおひげを生やした大柄な男だ。

「堀江さんは、大学はどこですか」

二年ほど日本に留学していたビランデルは、日本語をそれなりに操る。

せっかくなので、堀江も日本語で返した。

「大阪大学です」

「僕は、北海医科大学にいました」

「旭川ですね」

「ええ、気候もわりとスウェーデンと似ていました。でも、大学病院は、全然違いました。あれでは、医者が病気になってしまいます」

ビランデルは英語で話していいかと断ってから、日本での体験を語った。

あり得ないような超過勤務が常態化して、医療技術の未熟な研修医が救命救急に奔走していた。彼らが疲弊していくのを見るのは辛かったという。

「日本の医師免許がない僕は、手伝うこともできない。本当に気の毒だった」

聞きながら、丸本のことを思い浮かべた。

高熱と痙攣の症状を見せていた男児は、検死の結果、肺炎球菌髄膜炎に罹っていたことが分かった。

処置に問題はなかったが、丸本には初めての経験で、すっかり落ち込んでいた。

院内の調査でも、過失はなかったと裏付けられた。にもかかわらず、堀江と丸本は、二週間の有給休暇を命じられた。

病院上層部の過剰反応という気もしたが、マルメで面接を受けるための休暇申請に悩んでいた堀江としては、思わぬ形で転がり込んできた有給休暇だった。

「日本の医療は、問題が多過ぎる」

堀江は、反論できなかった。

「みんな、もっと怒るべきだと、僕は思います」

「ビランデルさんは、大学の医局で、問題提起をしたんですか」

「たくさんしました。でも、君は部外者だからと、誰も聞いてくれませんでした。だから、僕は堀江さんに期待しています。堀江さんの研究テーマは、日本の病院の問題解決に繋がると思います」

「今日の最終面接次第だけど……」

「大丈夫。絶対、採用されます」

ビランデルが断言した。

「ずいぶんと確信的だね」

「堀江さんのマルメ滞在をサポートしろと、所長に言われてます」

「今回の滞在中の話では？」

「そうじゃないですよ。だって、不採用の人に対して、ホテルまで所員が送ったり、ディナーのお誘いをしたりしませんから」

2

喬一は、八日ぶりに出社した。

誰もがお悔やみの言葉を口にして、腫れ物に触るような気遣いをする。社員らは目を合わせるのも遠慮しているようだ。

経営破綻ぎりぎりまで追い詰められていた資金不足は、エンジェル・ハート・キャピタルの濱野の支援で解消された。

同時に新規案件など複数の幸運が立て続けに舞い込み、会社は勢いを取り戻そうとしていた。

まるで、息子の命と引き替えに、会社が再生したかのようだ。

社長室で伝言メモや郵便物を慢然と眺めていると、専務の中田が入ってきた。

「結ちゃんは、どうだ」

「少し落ち着いたよ」

「まだ、入院しているのか」

「うん。それが、一番安心だという医者のアドバイスもあってね」

「とにかくおまえも結ちゃんも、自分を責めるのをやめるんだ。そんなことは、喬太君だって望んでいない」

喬太を失ってから、結子は息子の部屋に引きこもってしまって、食事すら摂らなくなった。

中田に相談すると、知り合いの医師と看護師が往診に来て、妻に点滴を打ってくれた。

だが、憔悴(しょうすい)は激しく、日に日に枯れていくように見えた。

喬太を荼毘(だび)に付す時、結子は猛烈に抗(あらが)った。最後は、親族が力ずくで彼女を柩(ひつぎ)から引き離した。

自分の不手際で、適切な救急医療を受けさせられなかったために、大切な息子を失った。

その事実に喬一は打ちのめされた。

だが、結子は喬一を責めずに自身ばかりを責めていた。

全ては自分が悪い、肺炎球菌髄膜炎の予防接種をきちんと済ませていなかった、海外出張なんてすべきではなかった、母として何もかも失格だ——。

肺炎球菌髄膜炎は四回の接種が必要だが、そのうち二回は済ませていた。残りはタイミングを逸したのだ。何度か受ける機会はあったが、そのたびに彼女に外せない用があって先延ばしにしていた。

不運が重なったとしか言いようがないのだが、結子はそう考えない。研究を優先しなければ、接種できたと言い張った。

そして二日前、結子は自殺を図った。

発見が早くて一命を取りとめたが、その時も、中田の世話になった。

「なあ、明後日からのシカゴ視察、やっぱり一緒に行かないか」

「無理だよ」

シカゴで開催される世界規模のITメッセに、ブースを出展する予定だ。事故が起きるまでは喬一も中田と渡米するはずだった。

「こういう時は、がむしゃらに仕事するのが一番だぞ。思い切って、行ってしまおう」

到底、そんな気持ちになれない。

「いや、今は結子のそばにいてやりたい」

「結ちゃんは、暫く実家で過ごす方がいいんじゃないのかな」

退院後は、実家で両親と共に過ごすのがいい、と医者からも言われている。

自宅には、喬太との思い出が詰まっている。そこに戻れば、再び自殺を図るかもしれない。

「俺は、おまえを引っ張っていきたいんだ。ノーは認めないぞ」

スマートフォンが、デスクの上で鳴っている。

父からだった。

あまり出たくなかったが、中田が気を利かせて席を外したので応じた。

〝今、おまえの会社に車を回した。大事な話があるから、それに乗って来てくれ〟

「悪いんだけど、今、重要な会議中なんだ」

〝喬太の件でだ。やっぱり医療ミスの可能性が出てきたんだ〟

今さら何を言ってるんだ。病院側からは、死亡に至った状況について何度も説明を受け、医師たちはベストを尽くしてくれたと納得しているのだ。また蒸し返すのか。

父は、政敵である現知事の最大の後援者である賢中病院の理事長とは仲が悪い。だから、父は「医療ミスじゃないのか。あの病院なら、やりかねない」と事あるごとに繰り返していた。

「今さらミスだなんて、どんな可能性が出たって言うんだ」

〝つべこべ言わずに、こっちに来い。会わせたい人がいるんだ〟

バカバカしいと思う。でも――もし、本当に医療ミスだとしたら、罪悪感から少しは逃れられるだろうか。

3

車は、グランドホテルに到着した。

「お部屋で、先生がお待ちです」

運転手が部屋番号を記したメモを差し出した。

喬一は受け取ると、車を降りた。

県内一の老舗（しにせ）ホテルは、地元の名士の社交場でもあった。ロビーが広く、テーブルを囲んでゆったりと寛（くつろ）げるソファが多数配されている。

知った顔がいくつかあった。

喬一は人目につかぬよう顔を伏せて一一階に向かった。

ノックすると、父の秘書の若林信吾が迎え入れてくれた。黒い上着のフラワーホールには、黒いリボンのピンバッジが刺さっている。

父が、喬太を悼んで関係者にばらまいたものだ。喬一はそんなものなど着けるつもりはない。

室内には、ベッドの代わりに大きなテーブルが置かれており、父と父の顧問弁護士の朝永、そして、自分と同世代の男性と二〇代の女性が待っていた。

「こちらは、日向法律事務所のジュニア・パートナーの片切尚登先生だ。おまえも、日向法律事務所という名前ぐらい知っているだろう。医療訴訟のトッププランナーで、これまでも多くの悪徳病院を糾弾し、患者や遺族の恨みを晴らしてこられた」

「はじめまして、この度の大変痛ましい事故、心からお悔やみ申し上げます」

慇懃な挨拶より、「事故」という言葉に引っかかった。

「喬太の死亡について、本当に問題がなかったのか。その再検証が必要だと思うんだ。そこで、朝永先生に協力してもらってカルテの開示を求めたのだが、専門用語ばかりで内容が難しすぎてな。日向事務所に相談したんだ」

父の話を引き継ぐように片切が口を開いた。

「この度の事故は、不運に不運が重なったことで生じたご不幸だと存じます。ただ、病院側に落ち度がなかったのかと言えば、大いに疑問です」

「というと？」

「カルテを入手したのが、三日前なので、精査は、これからの作業になりますが、深刻な問題点が複数発見されました」

同行したアソシエイトが、文書を手渡した。NORIO HYUGA LAW FIRMというヘッダが付いた高級紙に、
　1、頭部CT撮影の不実施
　2、治療時間の改竄の可能性
　3、後期研修医を当直に当たらせた任命責任
　――と記されている。

「高熱で意識がない幼児の急患の対応は、速やかに血液検査を行い、その上で頭部CT撮影を行います。結果的に、喬太ちゃんは、肺炎球菌髄膜炎でお亡くなりになったのですから、CTによる検査を迅速に行っていれば、髄膜炎と見当がつけられたでしょう。賢中病院から

提出された電子カルテによると、喬太ちゃんがEDに到着したのが、午前四時五二分。ほぼ同時に、交通事故の重体患者が搬送されて、そちらにCTが優先されました。ですが、結果的に行えなかったのは『ありえない』というのが小児科専門医の意見です」

喬一は、極力、あの日を思い出さないようにしてきた。だが、片切の説明を聞いていて、丸本医師がCTの撮影について、看護師に何回か確認していたのは、覚えている。

「また、運び込まれてから、お亡くなりになるまでの時間が短すぎるというのが、専門医の意見です。だとすると、病院がカルテを改竄した可能性があります」

「あそこは、以前、カルテを改竄して、世間からバッシングされたことがあるからな」

父が嬉しそうに補足した。

「改めて調べたところ、確かに七年前に、急患対応のミスを、カルテを改竄して隠蔽しており、刑事罰も受けています」

一度罪を犯すと、また繰り返すものなのか……。だったら、喬太も犠牲者かもしれない。

「さらに、あの夜、喬太ちゃんの処置を担当した丸本医師は、後期研修医です。そんな未熟な医師が、急患を担当した病院の責任は重いと考えられます」

確かに、あの女性医師は未熟そうに見えた。

「私が、母子手帳を忘れたことは、問題じゃないんですか」

「大きな過失ではありますが、それがあれば喬太ちゃんの命は救えたと言うのは、本末転倒というのが、我々の見解です」

「喬太は、病院に殺されたんだ。なのに、父親のおまえは泣き寝入りするつもりか」

部屋の隅に控えていた若林が父に近づき、iPad の画面を見せた。

「喬一、地元紙のネットニュースに、こんな記事が出たようだ」

賢中病院で、治療中に男児急死

診断ミスによる医療過誤か

4

毎朝新聞は、医療事情の情報発信に優れているという評判がある。医療情報部は部長以下一四人という少数精鋭で、健康問題から先進医療まで、医療に関するあらゆる情報を、日々伝えている。医療機関が抱えている問題についても鋭いメスを入れ、過去に何度も新聞協会賞を受賞していた。

そこに六年在籍している四宮智子は、医療事件担当という異色の記者だった。

薬害問題、医療過誤、さらには病院や医学界の不正などを専門的に取材しており、社会部などと連携して事件を追うことも少なくない。

この日は、経済部、社会部とタッグを組んだ連載企画の一員として、編集会議に参加していた。

テーマは、病院のM&Aだった。

地方での病院経営が、年々深刻になっている。人口五万人以上の市町村でも、市民病院が閉鎖されたり、産科や小児科の救急対応ができない県が生まれてきた。原因は、慢性的な医師不足と、経営難だ。

そして、近年、優良な病院の買収が増えてきたという。従来の経営破綻した病院を安く買い叩くような買収ではなく、充分利益が出ている病院が、投資ファンドのターゲットとなっているというのだ。

M&Aについては、ほとんど知識がない智子だが、サポートを求められた。

直近の病院の買収例のリストを渡されたが、地元で評判の優良病院の名もあった。

「少子高齢化が進む中、病院経営はさらに難しくなると、ある総研は予想しています。そこで、利益のある内に、病院を手放そうという理事が増えてきたらしいのですが、四宮さん、そのあたり、何か聞いてらっしゃいませんか」

「病院経営にコンサルタントが積極的に関与しているという話は、耳にしたことがあります」

「実は、そのコンサルと投資ファンドが繋がっていて、お買い得の病院を手に入れているという噂もあるんですが」

その辺りになると、もう智子には分からない。

「メディカル系のコンサルって、問題のあるところが多いんですよね。シノさん、ＪＭＩって会社名聞いたことないですか」

今回の連載企画に一緒に参加している社会部の伴藤泰史（ばんどうたいし）が、尋ねてきた。彼は、智子が警視庁を担当していた時の後輩で、今も時々、酒を飲む仲だ。

「初めて聞くけど、正式名称は、何て言うの？」

「日本メディカル・インベストメントです。ここは、元々はアメリカ最大手の医療コンサルのＯＢたちが立ち上げた投資ファンドで、傘下にメディカル・コンサルも保有しているんですが、ここがかなり悪質なんですよ。その被害に遭った病院の医者とかナースの取材を、シノさんに、お願いしたいんですよね」

「それは問題ないけど、この連載企画のテーマは何なの？」

連載企画を仕切っているキャップが、即答した。

「病院経営に、経済的合理性は馴染むのか――です」

ミーティングが終わると、伴藤が呑みに行かないかと誘ってきた。取材のスケジュールの摺り合わせをしたいのだという。

「今日は、無理。娘との約束があるから、とっとと家に帰らなきゃならないの」

会議室を出たところで、携帯電話が鳴った。

日向律子だった。

〝四宮さん、お待たせ。例の法案にぴったりの案件が出てきた。今夕、記者会見を開くので、来て頂戴〟

今日は、先約があって無理です、と返す前に電話は切られていた。

続いて、ショートメールで、会見場所と時刻が送られてきた。

5

堀江が帰国の準備をしていると、妻から電話があった。

〝喬太君が亡くなったのは、医療ミスだと遺族が訴えるっていう記事が出たの〟

「どういうこと？　遺族は納得してくれたはずだけど」

〝よくは分からない。でも、ウチにもマスコミが来ている。夫は、海外出張中だと答えたけど、今もマンションの前で張り込んでいるの〟

「すぐ、事務長に確認するよ」

〝病院は、もっとパニックかもよ。とりあえず私たちは、実家に避難する〟

昨日は夜遅くまで、研究所の幹部と飲み明かした。楽しい夜だった。採用の内定も耳打ちされた。あとは、ビザさえ取ればいいという。

すっかり有頂天になって、今朝は二日酔いも苦にならないほどだった。浮かれた気分が、しぼんでいく。

妻が記事を転送してくれた。

酷い内容だった。

何で、今さら……。

賢中病院の事務長の携帯電話に連絡した。話し中だった。病院の代表電話も、小児科直通電話も同様だった。

大混乱なのだろう。

堀江は、ＥＤのベテラン看護師の衛藤敏江(としえ)に電話してみた。

〝ああ、堀江先生、お疲れ様です。海外にいらっしゃるのでは？〟

「そうなんですが、家内から、野々村喬太君のことを聞いたんです。自宅にも、マスコミが来たらしい」

〝なんだか、大騒ぎしてますけどねえ。提訴なんてあり得ないと思いますよ。私たちの報告に、ご両親は納得されていたじゃないですか〟

衛藤は、それほど心配していない様子だ。

「喬太君のお祖父さんって、県議会議長ですよね」

〝そうみたいですね。何でも、ウチの理事長とは犬猿の仲とか。だから、嫌がらせですよ。先生は、気兼ねなく海外旅行を楽しんでください〟

もはや楽しむ余裕なんてないのだが。

通話を終えたら、今度は丸本からのメールを受信した。

〝ご遺族が病院を訴えると聞きました。私たち、どうすればいいんでしょうか。先生には、励ましていただきましたけれど、私、ずっとあの時のことばかり考えて、夜も眠れません〟

丸本にとって野々村喬太は、自分が担当した救急対応で、初めて〝救えなかった〟患者だ。

堀江自身も、救命処置を担当して救えなかった最初の患者の顔は、今でも鮮明に覚えている。

だが、全ての命を救えるわけではないのも、事実なのだ。そんなことは、丸本自身も分かっているだろう。

迎えの車が到着するまで時間がある。メールで返すより直接話した方がよさそうだ。丸本に電話した。

「君のところには、マスコミは来ていないのか」

〝いえ、来ていませんけど〟

「うちには大勢詰めかけてきたそうだ。病院に戻ったら、奴らの餌食になるぞ。私は明後日帰国する。その時、東京に立ち寄るよ」

返事はなかった。

「丸本、大丈夫か」

〝大丈夫です。先生もご帰国の道中お気をつけて〟

とても大丈夫とは思えない声だった。

6

「大変申し訳ございません！」

朝早く羽田空港を発ち、高松空港に到着後、はるばる車で一時間も掛けてやってきた。着いてから、さらに一時間近く待たされた。

その挙げ句が謝罪の嵐だ。

雨守の目の前で保険会社の調査部長が、汗だくになって低頭している。

「謝る前に、ちゃんと説明してよ。僕らをここに呼んでおいて、いきなり申し訳ございませんじゃあ、話にならない」

待っている間に食べた讃岐うどんが存外に旨かったので、怒りは沸点に達していない。

「実は、病院側が示談に応じると言い出しまして」

依頼案件は、丸亀市内の総合病院が訴えられた医療過誤訴訟のはずだった。

三歳の女児が激しい嘔吐と痙攣を繰り返して救急車で搬送された。母親は、食事中に嘔吐したと説明した。食中毒や嘔吐下痢症が疑われたが、いずれも該当しなかった。治療中に医師が、女児の吐瀉物のアルコール臭に気づき、血液検査をすると、血中アルコール濃度が異常に高かった。

母親を問い詰めると、冷蔵庫に入れてあったウィスキーを麦茶と間違って飲んだ、と言い出した。

すぐに胃洗浄と点滴を行ったのだが、女児は心臓に疾患があり、発作を起こして亡くなった。

病院側は、母親が飲酒の事実と心臓疾患を申告しなかったことが主因として処理した。

ところが、女児は亡くなる三カ月前に、この病院で健康診断を受けていて、異常なしと診断されていたことが判明した。このため、母親が子の心臓疾患を知る機会はなかったのである。

心臓疾患を見逃したその診断を誤診とした上で、救命救急にも問題があったと、二億円の損害賠償を求めてきた。

そこで病院側は保険会社を間に入れて、示談でけりをつけようとした。

しかし、父親が地元テレビ局に出演し、「愛娘を殺しておいて、はした金でもみ消そうとしている」と訴えた。

病院側は訴訟を受けて立ち、適切な医療であったことを証明すると宣戦布告したのだ。

そこで、保険会社が雨守を指名した。

着手金一〇〇〇万円、成功報酬一億円を、病院の理事長は快諾した。

にもかかわらず、最初の顔合わせでちゃぶ台返しだ。やはり示談で済ませたいという。

「実は、昨夜遅くに理事長が急逝しまして。クモ膜下出血です」

「マジ!?」

「次の理事長職は、ご子息である病院長が継がれるはずなのですが、どうも一揉(ひとも)めありそうなんです」

具体的かつ端的に説明しろと、雨守は怒鳴った。

「理事長の後添えの奥様がいらっしゃいまして。ご子息とは血の繋がらないその方が次期理事長就任という可能性もあるそうで」

なるほど、相続で最も揉めるパターンだな。

「いずれにしても、医療過誤訴訟に対応する余裕はないと。あと、いくら勝つためと言っても、保険金以上の弁護士報酬を払うつもりはないとおっしゃって」

「訴えられている医師二人は、示談に納得しているわけ？」

病院の金勘定など知ったことではない。医療活動に勤しむ医師を救うために、丸亀くんだりまでやってきたのだ。


雨守一家はかつて世界一周の旅をする中で、何度か体調を崩して、病院に駆け込んでいる。その度に思うのは、医師のオーバーワークだった。

フランスのプロバンス地方で会った老医師の話が忘れられない。

老医師と初めて出会ったのは、ビストロでだった。日本語で話しかけられ、途中からテーブルを一緒にして話し込んだ。

日本文化への造詣もあり、片言の日本語も話す彼を、雨守は語学の研究者か教職員だと思っていた。

すっかり仲良くなり、翌日は、彼の案内でピクニックに出かけた。足を少し引きずっていたので、理由を聞くと、ようやく老人はそのキャリアを明かした。

彼は長年、ソルボンヌ大学医学部の心臓外科の教授として勤務していた。五五歳の時に、脳梗塞で倒れ生死の境を彷徨（さまよ）った後、何とか生還したが、足に後遺症が残った。以後、生まれ故郷のプロバンスで、地域医療に携わっているという。

プロバンス地方に滞在した二週間の間、何度も、老医師と行動を共にした。

ある時、雨守は正直に自分の経歴を述べた。

「マコトは素晴らしい仕事をしているんだね。患者さんが、適切な治療を受けられなかったのであれば、訴えるのは当然だよ。そういう弁護士がいてくれるから、医者も緊張感を持つ」

「もう、弁護士は辞めました」と返し、西城医師の一件を話した。

「辛い経験だが、君はベストを尽くしたと思うよ。医者だって万能じゃないから」

まったく、その通りだと思った。

「ちなみに、これから何をして食っていくつもりなんだね？」

「あまり考えていないんですが、この街で暮らすのもいいかなと思います。仕事は選ばなければ、何かあるでしょう」

「それは、お勧めしないな。マコト、人間は与えられた才能を発揮するために生きているんだよ。君には、医療弁護士として社会に貢献する義務がある」

「でも、患者側の弁護士は、もうこりごりです。酷い医療を受けて、泣き寝入りする人を救うこともありますが、誠実な医師を破滅させる家族や弁護士もいます」

「じゃあ、医者を護る弁護士になればいい。それなら、ドクター・サイジョーも浮かばれるだろう」

プロバンスでの滞在を満喫した後、雨守は帰国した。

そして、三カ月後、考えに考えた挙げ句、医師を支援する弁護士事務所、雨守誠法律事務所を立ち上げたのだ。

保険会社の調査部長は「彼らの意向は聞いてません」と言う。

「じゃあ、ここで待っているから聞いてきて」

部長は額の汗を拭った。

「少々お時間が掛かりますが」

「いいよ。但し、タイムチャージもしっかりいただきますよ。早苗ちゃん、僕らここでどれぐらい待たされてる？」

瀧田は、腕時計を一瞥した。

「一時間四分です」

「その分も、請求するからね。待っている間に、お城見物でもしようかな」

「先生は本当にお城にご興味がおありなんですか」

ホテルを出て、丸亀城の大手門に向かう途中で瀧田が言った。

「全然。でもせっかくだから、早苗ちゃんのお城談議を聞いてみたいじゃないか」

ホテルの窓から、丸亀城の天守閣が見えていた。マニアの瀧田にその魅力を尋ねると、

「江戸時代以前の天守が残っている現存一二天守の一つです。石垣の名城とも言われていて、高さ、石垣のバリエーション、どれをとっても素晴らしいお城です――」と絶賛した。

俄然やる気が出たらしく、大手門に通じる道で、瀧田に袖を引っ張られた。

「先生、お城めぐりの醍醐味は、天守閣見物じゃないんです！　堀を渡って大手門に入ることの導入口、ここから見どころは始まってるんです」

「どういうこと？」

「城の最大の目的は防御です。とにかくそれを徹底的に考えて造られています。敵の侵入を防ぐなら、入口は狭い方がいいんです。この空間を、虎の口と書いて虎口と呼びます。大軍が押し寄せても、道幅が狭くなるここで一度に入ってくる敵の人数を絞り込めるわけです」

「へえ。なるほどな」

「門を破り、勢いよく入った瞬間、いきなり正面から鉄砲や矢の攻撃を受けます。左右、背後からも。敵の大半をここで、殲滅します。ここは鉄壁の守りを実現するためのキルゾーンなんです」

7

喬一は義母に電話で結子の具合を尋ねた。

彼女は、入院中の妻に毎日付き添っている。

〝落ち着いてきたかな。中庭に散歩に出かけて、お昼もしっかり食べたのよ。明日には退院できそうだし、このまま気持ちを立て直してくれたら〟

「実は、喬太の死について、病院の対応に問題があったことが分かりまして」

〝え？　それって誤診ってことなの？〟

幸い、この一報が出たのは地元紙のオンラインニュースだけだ。パソコンどころか携帯電話さえ苦手だという義母はニュースを知らないらしい。

「断定はできないのですが、深刻な問題が見つかって、訴訟を考えています」

〝ちょっと待って、裁判なんておおごとじゃない。本当に誤診なの？〟

「医療専門の弁護士に調査を依頼したんです。そしたら、これは大問題だって……」

〝それを、結子に相談するのね〟

「いえ、むしろ彼女には知らせたくないんです。それで、これから記者会見をしますので、今日は結ちゃんにテレビや新聞を見せないように注意してください」

〝ちょっと待って。いきなり訴えるとか、記者会見とか、おかしくない？　結子だってまだこんな状態なのに〟

義母の抗議は当然だった。話が性急すぎる。弁護士に言われるまま動いているものの、喬一だって一体何が起きているのか、よく分かっていないのだ。

だが、既にホテルの宴会場で会見の準備が進められている。

〝野々村家のご意向なのね〟

義母は、父を快く思っていない。直接言われたことはないが、いつも言動の端々に嫌悪感が滲み出ている。

〝それで喬一さんは納得しているの？〟

納得も何も、父に呼び出されて、ホテルに行ったら、準備万端整っていたのだ。

「喬太が死んだ真相を……知りたくて」

〝少し冷静に、病院と向き合うべきじゃないかしら。裁判なんて、最後の手段でしょう〟

その時、若林に肩を叩かれた。

「日向先生がお見えになりました。ご挨拶なさってください」

若林が急かすので、仕方なく、通話を終えた。

「会見の後は、母親の談話を目当てに、メディアが押し掛けますよ。結子さんは、退院なさってもご自宅には戻らない方がいいでしょう」

息子を失った両親が、治療に当たった医者や病院を訴える。それは、世間にはどう映るのだろうか。

「考えてばかりいると、取り返しのつかないことになります。即断即決です」

即断即決は、若林の口癖だ。いつも「ぼっちゃん、即断即決ですぞ。行動あるのみ！」と喬一の尻を叩いた。

「親父は、何でこんなに前のめりなんだ」

「何より、野々村家の跡取りを奪った病院が許せない。先生はそう思っています。さもないと、ぼっちゃんや若奥様に、非難の矛先が向きますよ」

何事においても父はすぐに責任の所在を問い詰めたがる。

「意味がわからないよ」

「私も一応お止めしたんですけれどね。でも相手が賢中病院だったというのがマズかった。なにしろ、あそこは政敵の牙城ですから」

「それって喬太のためではなく、親父の政敵潰しが目的なんじゃないの」

「違います。喬太ちゃんの身に何が起きたかをはっきりさせるための闘いです。そうご自身に念じてください」

やっぱり、おかしいと抗議したが、若林は取り合わなかった。

8

喬一が控え室に入ると、女性が座っていた。

高級そうな白いスーツをまとい、贅肉（ぜいにく）のないスタイルは完璧だ。

「こちらは今回の裁判をお任せする日向法律事務所の日向律子先生だ」

父が紹介すると、日向が立ち上がって一礼した。女性にしては上背があるせいか、圧力を感じる。

「この度の痛ましい事件、衷心よりお悔やみ申し上げます」

常套句と共に名刺を出された。

「奥様のお加減はいかがですか？」

「少し落ち着いたようです」

「お辛いでしょうね。差し支えなければ、医療過誤で肉親を失った方のケアをなさっている専門医をご紹介します」

「お気遣いありがとうございます。しばらくは家族でケアします」

「分かりました。ですが、いずれ奥様にもお話を聞かせていただきます。これは、私の裁判ではありません。野々村喬一さんと結子さんの裁判であることを、お忘れなく。それで、確認ですが、医療過誤があったとして、医療法人賢尚会中央病院に対して、お二人は、損害賠償請求を検討されているということで、よろしいですか」

「あの、まだ訴状もないんですよね？」

「まずは、調査です。それから、勝つための戦略を立てましょう」

「なのに、賢中病院に対して損害賠償請求をすると、記者会見を開くんですか」

「本日午後、私たちは地裁に、喬太ちゃんの診療に際して作成された資料など一切の証拠を保全するように申し立てました。それを公表するための会見です」

意味が分からなかった。

「相手を訴えるかどうかを検討するための証拠保全は分かるんですが、この段階で、相手を名指しで非難するのはどうなんですか」

「非難するわけではありませんよ。証拠保全の目的は、賢中病院側による証拠隠滅や改竄の防止です。申し立ての事実を世間に伝えるのは、相手に隠蔽行為は許さないと釘を刺したいからです。さらに、問題を広く社会に知らせ、県民の皆さんの監視下に賢中病院を置く目的もあります」

起業家である喬一は、国内外の企業とパートナーシップを結ぶ中で弁護士とも付き合いがある。

彼らと比べると、目の前にいるこの自信に満ちた女性弁護士は、異質に思えた。

日向が意気揚々(ようよう)と話すほどに、喬一の気分はネガティブに傾いていく。

「さっそく会見の打合せをしましょう。まず、ご遺族の代表として、喬一さんにもご同席いただきます」

「いや、それは困ります。私は出たくない」

「主役がいない舞台なんてあり得ないでしょう。あなた方ご夫妻が、喬太ちゃんの死の原因をお知りになりたいと思ってらっしゃるから、我々がお手伝いするんです。お二人こそが、この闘いの主役なんですよ」

「しかし、急にそんなことを言われても、何を話せばいいのか」

「喬一、おまえ、それでも父親か。息子が、病院に殺されたんだぞ」

無神経なその一言で、積もっていた怒りが、爆発しそうになった。

「父さん、ちょっと二人だけで話したいんだけど」

「言いたいことがあれば、ここで言え」

「喬一さん、良かったらお気持ちをお聞かせください。私たちは、もうチームです。どうかご遠慮なさらずに、何でもお話しださい」

「今日、ここに呼ばれるまで、父が息子の死について調査を依頼していたことを知りませんでした。いきなり、息子の処置には重大な過誤があった可能性があると告げられたんです。衝撃的すぎて、どう受け止めて良いのかも判断がつきません。そんな状態で、記者会見で何を話せとおっしゃるんですか」

「まさに、私がお願いしたいのはそれです。喬一さんが今ここでおっしゃってくださった通りで結構です。戸惑い、不安、不可解、湧いてきた怒り。その混乱した気持ちを率直に話してください」

「いや、そういうことじゃなくて。私は賢中病院や医者を訴えたいとは思っていないんです」

「喬一さん、だからこそ、私たちは病院に情報開示をお願いしたんです。私たちが求めているのは、ただ一つ。一体、あの日、何があったのか。それだけです」

## 9

智子が、会見場に到着したのは、開始予定時刻の二〇分前だった。

そこで、地元支局の若い女性記者と合流した。彼女は髪に潤いはないし、ジャケットは皺だらけで、仕事に追われて疲労困憊（こんぱい）なのが、一目で分かる。

「県政担当の田原恵（たはらめぐみ）です」

県担当なら記者歴は三年か。

会場に入ると既に三分の一ほどの席が埋まっている。ざっと見たところ八〇人くらいか。

事前通告なしの会見にしては、よく集まっている。

「思った以上に反響があるわね」

「そうですね。まあ、地元の二大勢力が当事者ですから」

「二大勢力？」

「亡くなった二歳児の祖父は地元県議会のドンです。医療過誤を指摘されたのは、県内最大の民間病院で、理事長は知事の後援会長です」

智子も関連情報をチェックはしているが、そんな背景は見当たらなかった。

毎朝新聞は、幼児が亡くなった時に、県版のベタ記事で報じていた。記事になったのは、病院側が、治療及び死因について説明する記者会見を開いたからだ。それによると、急患で担ぎ込まれた時、保護者が母子手帳を持参していなかったために、診断に時間がかかったとある。

病院は、幼児が亡くなった後、検死を行っており、死因は肺炎球菌髄膜炎だったともあった。

地元紙は、社会面で大きく扱っていた。おそらくは、病院側に追加取材をかけたのだろう。母子手帳の一件に加えて、幼児が救急車ではなく自家用車で運び込まれたことなどが書かれていた。また、記事は、亡くなった幼児の祖父が県議会議員だと言及していた。

ただ、どの記事にも、亡くなった幼児及び両親の実名は書かれていなかった。

「うちの記事は、誰が書いたの？」

「私です」

ノートパソコンを開いてキーボードを叩いていた田原が答えた。

「病院側の発表は、自発的なもの？」

「今日みたいに当日、賢中病院から県政クラブに、会見を開くという連絡があって」

「遺族が強く求めたとか、会見を開いた背景は、分かる？」

「えっと、ちょっと、分かりません」

「記事を読んだ限りだと、会見で一件落着という印象があったけど」

「私たちも、そう思っていました」

「私たちというのは、誰を指すの？」

「会見に出席した記者です。実際、紙面の扱いも、各社似たり寄ったりだったかと」

「地元紙には遺族の談話が出てるわよね」

実名は挙げられていないが、幼児の父親から話も聞いていた。

《病院から、丁寧な対応をいただいたと思っている。息子を失った悲しみは消えないが、現実を見据えたい》

「すみません。病院からは亡くなった幼児の素性は公表されず、遺族に配慮して取材は控えて欲しいと言われたので、ウチはそれ以上は……」

田原は、申し訳なさそうに説明した。

「遺族が誰かも気にならなかったの？」

「はい」

「地元紙だけが、素性を探り当て、祖父が誰かも知ったということね。その後も遺族が誰か取材はしなかったの？」

「していません」

地元紙もそれ以上の記事を出していない。

「言い訳するようですが、ちょうど県庁で残業時間の改竄問題が発覚して、対応に追われていました。深追いするほどのネタではないと」

限られた人員で毎日県版二面を埋めて、事件事故の警戒もしている。

他の仕事に追われて、追及が難しかったというのは理解できる。

「ということは、素性は地元紙の今日の記事で知ったわけね？」

田原は項垂れてしまった。

「大変、お待たせ致しました。本日は、お忙しい中、多数お集まりいただき誠にありがとうございます。それでは、只今より、記者会見を行います」

ほどなく、雛壇に男二人と一緒に、司会者同様の白いスーツ姿の日向律子が登壇した。

会見や裁判に白い服で臨むのは、必ず白星、すなわち勝利を摑むという律子の験担ぎだった。

「白スーツの女性をアップで撮っておいて」

田原は言われた通りにレンズを向けた。

「多数、お集まりいただきありがとうございます。日向法律事務所代表の日向律子と申します。野々村喬一、結子ご夫妻の代理人を務めております」

政府の諮問(しもん)会議など法廷外での活動が忙しい日向が自ら訴訟を担当することは最近ほとんどないというのに。

「私どもは、野々村喬一、結子ご夫妻のご長男である喬太ちゃんの死亡についての調査のために、医療法人賢尚会中央病院の保有する診療に関する全ての資料の証拠保全を本日、地裁に申し立て、地裁が保全を決定したことを、ご報告致します」

# 第四章　因 縁

## 1

近江の戦国大名として名高い浅井長政の居城、小谷(おだに)城は、滋賀県琵琶湖の北部にあった。標高四九五メートルの小谷山の尾根筋と谷筋を利用した山城は、難攻不落と言われ、織田信長をして、攻略に三年を要した。

現存しているのは、かつて、麓から頂上まで続いていた石垣の残骸のみで、まさに「兵(つわもの)どもが夢の跡」なのだが、城郭好きにはたまらない魅力の城址だ。城と言えば、姫路城のような荘厳な天守閣を持つ城を指すと、雨守は思っていた。それらは、近世城郭と言うそうで、戦乱の世が治まったからこそ建造可能だった。戦国時代には、敵の来襲に備え、低山の地形を活用して堅固な山城を築いてきた。

中腹の「番所跡」までは、車で行けるが、そこから頂上近くの「山王丸(さんのうまる)」までは、徒歩で行くしかない。

どこが城探訪だ。登山じゃないか。

日頃から運動不足の雨守には苦行でしかないが、瀧田は、軽快に坂道を登っていく。城を極めるなら、整備されていない山道を歩くのは、避けて通れぬらしく、瀧田もいつの間にか健脚になったという。

瀧田は、縄張り図を手に、雨守に説明してくれる。最初の見どころで、既に汗みずくの雨守は、喘ぎながら、彼女の解説を拝聴した。

縄張り図とは、城の設計図のようなものだ。図面から、砦（とりで）や曲輪（くるわ）、堀切などを読み取りながら、現地踏破するのが城マニアの愉しみ方らしい。

といっても、多くの山城の城址は、今ではほとんど原形をとどめていない。苔や雑木に覆われて、わずかに表面に出ている石垣のようなものや、山の間に唐突にある平地を見つけては、瀧田は興奮して戦国時代にトリップしている。

「先生、このつづら折りは素晴らしい！　これなら一網打尽ですよ！　山頂側から見れば、敵の動きが丸見えです」

「えっ、登りやすくするためじゃないんだ」

「雨守先生、築城者の頭にあるのは、防御、戦略、敵の撃退だけです」

瀧田流に言えば、城とは、中世の軍事施設なのである。マニアはそこに古人の戦争の美学を見て、喜ぶのだ。

普段は育ちの良さを感じさせる物静かな佇まいの瀧田だったが、城を語り始めるとテンションが上がって、まるで別人だ。

「浅井長政の討伐責任者の秀吉は、通説では、難攻不落の城裏手の崖を登り、京極丸を攻めたとされています。でも、最近の研究で、別の説が有力になってきました。実は京極丸という場所の真下に、大野木土佐守（おおのぎとさのかみ）の屋敷があったそうです。秀吉は、彼を調略したのではないか。だから、落とせたと」

本丸などがある大曲輪の手前で、瀧田は立ち止まった。

「調略ってなんだ？」

「敵側の部将を裏切らせることです」

## 2

羽田空港に到着した堀江は、丸本に連絡を入れた。

〝お疲れ様です。今、ロイヤルパークホテルのロビーにいます〟

すっかり弱気になっている声を聞いて、堀江の気持ちも萎（な）えた。

帰国直前、マルメの王立予防医学研究所から、内定をもらった。おかげで、憂鬱極まりないことにも前向きに臨もうと思っていたのに。

入国審査を終えたところで、妻に電話を入れた。

〝お帰り！　そして、おめでとう！〟

妻の声が弾んでいるのに救われる。

「今、どこ？」

〝実家に避難中よ。喬太君のお父さんと弁護士が記者会見をして、診療記録などの証拠保全の申し立てをしたと発表したわ〟

「幸平は、どうしてる？」

〝保育園に行けないのは退屈みたいね。それで、自宅に帰るの？〟

「そのつもりだけど、まずいかな？」

〝お隣さん情報だけど、会見のせいで、マンション前のマスコミの数が増えたとか。それと事務長さんから電話があって、帰国したら連絡が欲しいって――ねえ、大丈夫よね？〟

「何が？」

〝まだ裁判になると決まったわけじゃないって、新聞には書いてあるけど〟

「分からないな。そもそも、遺族が何を不満に思ってるのかも分からないからね。事務長に電話を入れてみるよ」

　気は進まなかったが、事務長に電話した。

〝ああ、堀江先生、お疲れ様です。病院はもう蜂の巣を突っついたような騒ぎです。長旅でお疲れだとは思いますが、早急にご相談をしたいのですが〟

　病院には、面接の件は伝えていない。スウェーデンで興味深い研究会があるので参加するとしか言っていない。

〝それで、先生がこちらに戻られる前に、副理事長が東京でお会いしたいそうです。追って場所をお知らせしますので、暫く空港でお待ち下さい〟

　大層な話だなと思ったが、メディアに囲まれるのは御免被りたいので、素直に従った。


　第三旅客ターミナルに直結したザ・ロイヤルパークホテル東京羽田のロビーで、丸本は待っていた。遠目にもがっくりと項垂れているのが分かる。

「丸本さん、お待たせ」

　そっと声をかけたつもりだったが、丸本は飛び上がりそうなほど驚いた。

「あっ。すみません、気づかなくて」

　テイルウィンドというレストラン＆バーに入った。ウエイターに目立たない奥まった位置にある席を頼んだ。

「食事は？」

尋ねると、丸本は「まだです」と首を振る。機内食を摂ったので空腹ではなかったが、堀江も付き合うことにした。

「朝食は食べたのか」

「あまり、食欲がなくて」

丸本は顔を伏せたまま首を横に振った。

「じゃあ、何か食べるんだ。私はパスタセットを頼むけど」

「私もそれで結構です」

ウエイターに注文を告げてから、事務長と電話で話した件を伝えた。

丸本が顔を上げた。

酷く浮腫んでいる。きっと心配で熟睡できないのだろう。

「本当に遺族が訴えを起こすんでしょうか」

「まだ、起こしたわけじゃない」

ここへ来るまでに、ネットニュースを検索した。それによると、調査を行うために証拠保全の申し立てをして、裁判所がそれを認めたにすぎない。

丸本が「退職願」と記された封筒を差し出してきた。

「院長に渡していただけませんか」

「辞めてどうする？」

「まだ、何も決めていません」

そのタイミングで料理が運ばれてきたので、堀江は上着の内ポケットに退職願を滑り込ませた。

「とにかく、食べよう」

丸本ものろのろとフォークにパスタを巻き付けている。

時間を掛けて、半分ほどパスタが減ったところで、丸本がフォークを置いた。

「もうお腹いっぱいです」

「じゃあ、コーヒーでも飲むか」

仕方なくホットコーヒーを注文した。

「なあ、丸本、こんなものを出しても、簡単には辞めさせてもらえないぞ」

「あの日の当直医だった私が責任を取って辞めるのが、筋だと思いますが」

「我々は誰も医療過誤だったとは考えていない。誰かが責任を取るなんてことはあってはならないんだ」

「でも、ご遺族は、訴訟を起こそうとされているわけで。事を穏便に済ませるには、私が辞めるべきでは」

「君は、ミスを犯したと思っているのか」

「分かりません。急患が到着した時、私は冷静ではありませんでした。直前に運ばれてきた患者の処置が大変で、何とか終えたと思ったら、幼児の急患と言われて……。正直言えば、へとへとで頭が回っていなかったと思います。その上、保護者が母子手帳を忘れていたし、予防接種についての記憶も曖昧で、つい焦って、何かミスしたんじゃないかと」

「深夜の急患に対して、教科書通りの対応ができるなんて稀だ。CTが遅れたのは君のせいじゃない。君一人で対応をしていたのは、二〇分ほどだろ。そこからの責任は、私にあるんだ」

「最初から、堀江先生が対応されていたら、あの子は救えたかもしれない。私たちなら何とかしてくれると思って、病院を頼ってくれたのに……」

ここで聞こえの良いことを言うのは簡単だ。だが、命の瀬戸際に立ち会う厳しさは、受け入れていくしかない。皆が通ってきた道だ。君もきっと乗り越えられる。

## 3

東京・白金台にある結子の実家から二ブロック離れたところで、喬一はタクシーを降りた。

閑静な高級住宅街は、人通りも少ない。様子を窺ったが、メディア関係者の姿もなさそうだった。

それでも足早に玄関に駆け寄って、インターフォンを押した。

義父が姿を現した。

「あ、お義父さん、このたびは、お騒がせしてしまって申し訳ありません」

「一体、君は何を考えているんだね」

「と、おっしゃいますと？」

「病院の治療に疑問があるから調査するというのは分かる。だからといって、あんな記者会見を開くことはないだろう」

「それが最良の手段だと、弁護士から言われまして」

「結子には無理だとしても、私に一言相談して欲しかったな」

いつも温厚な義父でさえ、さすがに怒りを抑えられないようだ。

「実は、私の知らないところで、父が動いておりました。私が知ったのも、一昨日なんです」

「そんな言い訳は通用しないよ。君は、記者会見場に遺族代表として出席したじゃないか」

「一度は断ったんですが、父親から出ないと話にならないと言われまして」

「君は、自分の立場が分かっているのか」

「立場、ですか」

「私は喬太を死なせたのは、君だと思っている。急病の幼児を病院に連れて行くなら、母子手帳が必要なことぐらい常識だ。母子手帳があったら、医師も速やかに処置できたはずだ。治療が間に合わなかったのは、君が親として未熟で無知だったからだろう」

喬一に対して、これほどはっきりと責任を追及した者は一人もいなかった。

「申し訳ありません！ お義父さんのおっしゃる通り、私の責任です」

「私に謝ってもしょうがないだろう。それに、君に非があるのは明白なのに、なぜ、病院を訴えるんだね。そんなことをしたら、君は自分の過ちを世間に喧伝することになるんだぞ。それとも医療過誤だという動かぬ証拠でもあるのかね」

「分からないんです。弁護士と父の話では、病院が調査に協力しないのはカルテを改竄した可能性があるからだろうと」

「推測は、証拠と言わんだろう。面倒な話を持ち込まれたら、まずはやんわりと押し返すぐらいは、組織防衛として当たり前だ。その程度で、改竄だのなんだの言いがかりをつけて相手をクロだと決めつけているんだったら、君らは赤っ恥をかくぞ」

大手メーカーの取締役を務めるだけあって、義父の言うことはいちいちごもっともだった。

「お父さん、何をしてるの？」

背後から義母の声がした。

「ちょっと大切な話があったんだ。もう済んだ。いずれにしても、結子には会わせない。帰りたまえ」

ここへ来たのは、義母から連絡があったからだ。結子あてに、記者から電話があったという。結子が動揺していると言われて、喬一は取るものも取りあえず駆けつけたのだ。

「結子が、喬一さんに会いたいと言ってるのよ。喬一さん、どうぞ入って」

「お父さんと何を話したの？」

玄関のドアを後ろ手に閉めた義母が、小声で尋ねた。

「一昨夜の記者会見のことで、お叱りを受けました」

「それについては、私も同感。喬太ちゃんの死の真相を知りたいという気持ちは分かる。でも、あんなに派手な記者会見をするなんてあり得ないわ」

ぜひ、父に聞かせてやりたい。野々村家とその周囲は、あの会見を「勇気ある決断」と賞賛する者ばかりだ。賢中病院に天誅を下せ、と意気込む者までいた。

父は、七年前の医療過誤事件を会見でアピールしたがったが、日向は、「相手を不必要に刺激しない方がいい。私たちが言及しなくても、メディアはちゃんとその時のことを書きます」と退けた。

彼女の予言通り、会見を報じた大半のメディアが、七年前の事件にも触れていた。

「結ちゃんも怒っていますか」

「どこかの記者から電話がかかってくるまで、あの子には、何も話していなかったの。だから、混乱したみたいで……。でも、だいぶ落ち着いてきた。裁判や記者会見のことは、私は何も話してないからね」

結子がいるリビングに行こうとしたら、義母に止められた。

「ねえ、喬一さん、そもそも、あなたにも責任はあるでしょう」

「僕さえしっかりしていたら……。本当に申し訳ありません」

「そんな風に思っているのに、病院を訴えるの？」

「ですから、あれは、父が勝手にしたことですから」

「喬太は、誰の子どもなの？　あなたと結子の子でしょ。なのに、こんな大事なことを、お父様のせいにするの？」

「そういうわけじゃ、ありません」

「じゃあ、あなたも病院に重大な過失があったと考え、結子やあなたが傷つくことも覚悟の上で、病院を訴えるのね？」

「昨日からずっと考えているんですが、答えが見つからないんです。でも、医療過誤の専門家が、ミスがあったと断言するんですから」

「何をしても、喬太は戻ってこないのよ、生き返らないのよ」

そんなことは、分かっている。何の確証もないのに、訴訟なんてぶち上げて、記者会見までして公に顔を晒したって、何も得るものなんてない。

いや、失うばかりだ。

なぜなら、喬太を死に追いやった一番の原因は、僕自身だからだ。

息子の一大事に泥酔していただらしのない父親こそが、元凶なのだ。

結子はリビングで、モーツァルトを聴いていた。

喬一を見ると、駆け寄ってきた。

「元気そうで、ホッとした」

そう言うと、「二人で話をさせて」と義母を追いたてた。

「ねえ、何が起きているの？　母も父も、何も説明してくれない」

「喬太の件で、病院の対応に問題がなかったのか、専門家に調べてもらっている」

「誤診か何かがあったってこと？」

「それを含めて調べてもらっているんだ」

「で、私のところに電話があったのね？」

電話の相手を尋ねると、結子は心当たりがないと言う。

「多分、新聞社って言ってたと思う。誰かが私の携帯番号をその人に教えたんだろうと思って。怖くなって、すぐ切ってしまったの」

「あの日、喬太の身に何が起きたのか。それを僕らはちゃんと知るべきだと思ったんだ。だから、専門家に依頼した。それだけだよ」

こんなウソを吐く自分が、嫌になる。

「それは、あなたの考え？」

「……うん、そうだよ」

「あの時、病院の対応に疑問があったって思っているのね？」

「確信があるわけじゃないけど、本当に救えなかったんだろうかとは、今でも思っている。でも、このことには、結ちゃんは、一切関わらなくていいから」

「どうして？　私は、喬太の母親だよ。一体、何が悪かったのか――いけなかったのか――、私もずっと考えてる。だから、ちゃんと調べて欲しいと思う。そのためにも私、家に帰ろうと思う。調査に協力したいの」

「いや、それは専門家に任せよう」

「私のネットワークを使えば、真相究明のお手伝いができると思う。それとも、私をずっとここに閉じ込めておきたい？」

4

山歩きの筋肉痛に悩まされつつも、小谷城を歩いて以来、雨守は城の面白さにハマってしまった。ガイドブックや図録、歴史書を片っ端から買い集め、今や所長室の書棚の三分の一を城郭関連本が占拠している始末だ。

小谷城を巡る攻防は、興味深い。

城攻めにおいては、武力だけでなく、心理戦も重要だ。だから知将は、いかに敵側の部将を寝返らせるかに知恵を絞る。

これを「調略」というのだが、雨守には、この策謀が堪（たま）らなく面白いのだ。「調略」は、裏切りを誘発する行為のみならず、敵の城下町の民を味方に引き込んだり、偽の情報を相手に与えて混乱させたりと、現代の諜報戦に近い。

たとえ城が何人（なんぴと）も寄せ付けぬ堅牢さを誇ろうとも、人を切り崩せば、あっけなく落ちる。

まるで、裁判と同じじゃないか。

その日も日本百名城のガイドブックを眺めていたら、秘書の永井くるみが入ってきた。

「賢尚会中央病院って、覚えてる？」

「何年か前に扱った案件だろ？　救急で運ばれてきた年寄りの診断を誤って死なせた挙げ句、カルテ改竄とか汚い隠蔽工作をした病院で、僕が完勝した」

「その副理事長と弁護士が来ているんだけど。依頼したいことがあるんだって」

永井が胸に抱えていたファイルを差し出した。表紙をめくると、最近の新聞記事のコピーがあった。

「小児急患で医療過誤の疑いか。提訴代理人は、日向事務所なんだ。証拠保全を裁判所が決定しただけで、会見を開いたのか」

情報公開は積極的かつ誠実に行うべしという時代に〝証拠保全〟なんて単なるパフォーマンスだ。それともこの病院は相変わらず〝悪徳〟なのか。

「今、瀧田先生が応対しているけど、提訴すらされないのでは、というのが彼女の見立て。

でも、記者会見に律子先生が出たということは、勝つ自信があるんだろうなぁ」

記者会見を大きく取り上げた地元紙には、遺族代表の傍らに堂々と立つ日向律子の写真が載っていた。

「賢尚会中央病院の理事長は地元のドンで、顧問弁護士の爺さん共々すごく印象が悪かったけど、そんな人まで、こんな国立くんだりまでやって来たのか」

「いや、若い人が来てる。名前からして、二人ともその爺さんたちの息子かもしれない。話ぐらいは聞いてもいいんじゃないかな」

「くるみ姐さんがそこまでおっしゃるなら、会ってみましょうかね」

雨守は上着を羽織ると、永井に続いた。

## 5

二人に会う前に、雨守は調査員の駒場吾郎（こまばごろう）に呼び止められた。

駒場は、長年警視庁の捜査二課で、贈収賄や企業犯罪などの捜査に携わった後、日向事務所の調査員に転職、日向則雄が亡くなって代替わりと同時に、事務所を退職した。

そして、雨守が事務所を設立した時、永井同様、事務所の一員に加わった。

既に七〇歳近いのだが、フットワークが軽く、仕事も丁寧だ。

「日向事務所の伊東君によると、お嬢は、政府の『医療過誤対策審議会』、通称『過誤審』の副委員長を務めています」

「あいつは、そういうスポットライトを浴びる場所が好きだからな」

まるで蛾のようだと言ったことを、律子は根に持っている。蝶と言ってやれば喜んだかも、と駒場に言われた。だが、蝶は夜の灯りに誘われたりしない。

「そこで、医療被害者支援基金法なるものの成立に奔走しているそうです」

「成果を引っさげて、いよいよ政界デビューするつもりだな」

「そのようですね。法案のためには、治療内容に少しでも不審な点があれば、どんどん法律家を頼るべきだ、というキャンペーンを張りたいみたいです」

「それで、あの派手すぎる記者会見か。この案件をモデルケースとして利用するんだな」

「たとえ調査の結果がグレイでも、訴訟は起こすでしょうな」

「ちなみに、賢中病院の最近の評判はどうなの？」

「すこぶる良いようですよ」

七年前の失敗を教訓にしているのだろう。

雨守が挨拶すると、二人の客は恐縮しながら立ち上がった。

「突然、押し掛けてしまったにもかかわらず、ご面談の機会をいただき、心より感謝致します」

長身の男が、両手で名刺を差し出した。

医療法人賢尚会中央病院　副理事長　先端医療センター準備室長
手島賢一郎

と記されている。

もう一人は、「顧問弁護士の熊谷義則」と名乗った。

手島は四〇代前半だろうか。熊谷はもう少し若いな。育ちが良く、おそらくは留学経験もありそうな、いかにもエスタブリッシュメントという印象だ。

「それで、ご相談とは?」

瀧田が資料を渡してくれたが、雨守はそれを見ずに、彼らが話すのを待った。

「先々週のことです。二歳児が高熱でぐったりしている状態で、賢中病院に運ばれてきました」

顧問弁護士の熊谷は、既に報道されている概要から説明した。ニュースは必ずしも正しくない。関係者が敢えて、事実の一部を伏せていたり、メディアの憶測などが入るためだ。だから雨守は黙って聞いた。

「一昨日、突然、男児のご遺族と代理人が記者会見を開きました。会見で、男児の治療及び死亡に関連する全ての資料を保全し、遺族側に開示するよう地裁に求め、地裁が保全の決定を下したことを発表しました」

「熊谷さん、亡くなった子どもには名前がないんですか」

話の途中で、瀧田が嘴を容れた。

「えっ、もちろんございますが」

「ならば、きちんと名前で呼ぶべきでは？」

いいねえ、早苗ちゃん。そういう姿勢は大切だ。

「失礼しました。考えが至りませんでした。野々村喬太君といいます。賢中病院は、喬太君が亡くなった直後に、死因について調査を行い、二日後に自主的に記者発表しています。ご遺族に対しても、病院長と副理事長がご自宅にお邪魔して、弔意を述べ、報告書もお渡ししております。我々の感触では、ご両親は納得してくださいました。その時は、治療に当たった医療スタッフへの感謝のお言葉も頂戴しました」

「メディアでは、カルテに疑問があったので、証拠保全の申し立てをしたとあったけど、それは事実？」

「事実無根です。最近の電子カルテには改竄防止システムもあります」

なのに、遺族側が、提訴の準備を始めている。

一見、矛盾しているように思えるが、よくあることだ。

家族を失ったショックで、亡くなった直後は、何も考えられない。ところが、時間が経つにつれ、様々な思いが沸き起こってくる。その上、周囲の者や弁護士から、「本当に病院の治療に問題はなかったのか」という悪魔の囁きを吹き込まれたりする。

それが、遺族を惑わせ、一度は納得したはずだった説明に、疑問を抱くようになる。

したがって医療者側は、いくら迅速に対応し、遺族に誠意を以て当たったとしても、その後も何度も事実関係の問い合わせがあると思わなければならない。

賢中病院は、その点で備えが甘かったとも言える。

「それにしても、証拠保全の申し立てをする前に遺族から治療内容などについて問い合わせはなかったんですか」

「それはないはずです」

「はず？」

そこで、初めて手島副理事長が口を開いた。

「ご遺族からご連絡があったという記録はありません。当日の医師や看護師にも確認しました」

資料に担当医師の名があった。医長が堀江悟、三八歳。大阪大学医学部附属病院小児科の医局出身で、賢中病院に勤務して五年余り。もう一人は丸本明菜、二七歳、日本医大卒。後期研修医か……。

「当初、喬太君の治療に当たったのは、丸本さん？」

雨守が質問した。

「そうです。彼女は当直でした」

「で、彼女では手に負えなくて、医長がサポートに入った。病院に運び込まれてから二〇分ほどで、医長が救命救急センターに到着しているけど、彼は病院にいたの？」

「はい。偶然、仮眠中でしたが、救急の看護師からの連絡を受けて、診察に当たりました」

手島は、父親とは比べものにならないほど好感度が高い。答えも早いし、ごまかしがない。仕事相手としては、やりやすそうだ。

瀧田が再び質問した。

「話を戻しますが、全てのデータは間違いないんですね」

「もちろんです。私どもは七年前に、医療過誤を起こし、それを隠蔽しようとした過去があります。あれ以来、病院として、厳しいコンプライアンス体制を敷いて、二度と同じ過ちを繰り返さないよう、粉骨砕身努力して参りました。にもかかわらず、不本意な訴訟を突きつけられようとしています」

手島が困り果てたように言う。

これを信じられるかどうかだな。

「遺族側の代理人は、またもや因縁の日向法律事務所です。今回の事案について、我々は一点の曇りもなく適切な治療を行った自負がございます。ここは何としても、雨守誠先生にお力添えをいただきたく、参上致しました」

手島が立ち上がって一礼すると、弁護士も続いた。

「僕は、かつてあなた方と対立した弁護士ですよ。あなたはともかく、理事長が許さないんじゃないのかなあ」

「父の了解は既に取ってあります。先生にご不快な思いを決してさせないこともお約束致します。父も、あれ以来、心を入れ替えて、地域に根ざす病院を目指して参りました。私どもが護りたいのは、当院の名誉ではございません。患者様から高い信頼を得ている二人の優秀な小児科医に向けられた疑惑を、疚（やま）しいところなく払拭したい。その一念で、お願いに上がりました」

## 6

渋る丸本を宥(なだ)めすかし、堀江は副理事長と弁護士が待つ丸ノ内ホテルに向かった。

辞職を考えている丸本には、「副理事長と会って、それでも気持ちが変わらないなら、止めない。だから、一緒に来い」と言って従わせた。

丸本にとって良いことかどうかは、分からないが、あっさりと辞職を認めてしまえば、丸本は常に問題から逃げる人生を送るだろう。

どうにか踏ん張って、ただちに現場復帰して欲しかった。

羽田空港を出たタクシーは、首都高を疾走していた。

「マルメでの面接はいかがでしたか」

「何とかね」

「じゃあ、採用が決まったんですか」

「おかげさまで」

「おめでとうございます！　さすがですね。マルメで新たな知見を得られる堀江先生には、日本の小児医療を根本から変革するようなご活躍を期待しています」

「どこまで収穫があるか分からないけど、ベストを尽くすよ。尤も、日本の小児医療を大きく変えるような発信力は、私にはないけれど」

　いきなり腕を掴まれた。

「そんな弱気でどうするんですか。先生のように子どもの医療に尽くされている方が先頭に立って、今の日本の停滞した小児医療を打破してくださらなくては」

「ありがとう。私も頑張るけど、丸本さんも頑張ってくれるんだよな」

　タクシーが神田橋ジャンクションを過ぎた。あと五分ほどで、目的地に到着する。

　丸ノ内ホテルの一室を訪ねると、初めて見る男性が出迎えた。

「お待ちしておりました。賢中病院の顧問弁護士を務めております熊谷義則と申します。お疲れのところ、ご足労いただきありがとうございます」

　弁護士か。そういう人物と会うために呼ばれたのだ。

「どうせなら、二人でお話を伺う方が良いかと思いまして。丸本も連れてきました」

　丸本は顔を上げることすらせず、堀江に続いた。

「この度は、私どもの不手際で、ご不快な思いをさせてしまいましたこと、お詫びします」

　賢中病院を束ねる手島賢造(けんぞう)理事長の御曹司の賢一郎が、神妙な面持ちで頭を下げた。

面と向かって話すのは初めてだが、尊大な印象しかない理事長とは違ってソフトな物腰だ。

手島に勧められるままに、ソファに腰を下ろす。丸本も隣に座った。

「お聞き及びでしょうが、治療中に亡くなられた野々村喬太君のご両親が、ご子息の死について不審な点があるとして、当院に証拠保全の申し立てを行い、裁判所もそれを認める決定をしました。それにはもちろん従いますが、一部のメディアが、まるでお二人の治療に問題があったかのように騒ぎ立てております」

手島が話すのを堀江は黙って聞いた。熊谷がコーヒーを運んできた。

「不本意ではありますが、我々は訴訟対策の準備をしなければなりません。お二人にお会いする前に、我々を支援してくださる弁護士の先生と会っておりました」

雨守誠という弁護士らしい。

患者側の代理人として、医療過誤裁判の専門家としては日本屈指の日向事務所がついたため、それに負けない弁護士を探したと、手島は言った。

「つまり、裁判になるんですか？」

「そうならないようベストを尽くします」

手島としては、それ以上言いようがないだろう。

「雨守先生は、お二人と、あの日の担当看護師から話を聞きたいとおっしゃっています。ご協力いただけますか」

「もちろん」

「丸本先生は、いかがですか」

「それって、お断りしてもいいんですか。あの日の対応については、院内の調査で全てお話ししています」

「しっかりとしたお答えをいただき、感謝しています。でも、雨守先生は、皆さんから直接お話を伺いたいとおっしゃっています」

「丸本さん、これは、我々医師が果たす責任だと考えるべきじゃないかな？」

「分かりました。その代わり、お願いがあります。――病院を辞めようと思います。私には、もう一度、診察室に戻る勇気がありません」

「入院されている患者様や外来の方も含めて、皆、丸本先生に早く会いたいとおっしゃっておられますよ。その期待に、応えて欲しいのですが」

手島が、励ますように言った。

「申し訳ありません。そのご期待には、沿えないと思うんです。なので――」

手島が堀江に意見を求めた。

「私の経験からすれば、丸本は一日も早く、現場復帰すべきだと思いますが、無理に復帰を急ぐ必要はないと思います」

「私どもとしては、丸本先生には、これからも小児科医として奮闘していただきたいと切望しています。なので、もう暫くゆっくりお休みいただいて、英気を養ってから、その先のことを考えていただければと思うのですが。どうでしょうか」

丸本はしばらく考え込んだ後で、小さく頷いた。

7

智子は、Googleマップを頼りに白金台を歩き回って、野々村結子の実家を探していた。

日向律子自らが、記者会見に臨んだ医療過誤事件を、深掘りしたくなったのだ。

医療過誤事件では、提訴の時に原告側が会見を開くのが常道なのに、律子は証拠保全を申し立て、裁判所がその決定を下した段階で敢えて公表した。

医療過誤に詳しい関係者に当たると、「日向律子のスタンドプレイが招いた勇み足」という意見が多かった。だが、勝訴への執着が凄まじい律子が、そんな無意味な先走りをするとは思えなかった。

記者会見の翌日、彼女に単独インタビューを試みたが、叶わなかった。

──今の段階で、こちらの手の内を見せるわけにはいかないから、ノーコメント。

そう言いつつ、律子は賢中病院には過去に、カルテ改竄などの証拠隠滅をした前歴があると言った。同じことを繰り返させないためなら、異例の会見も有効な一手にはなる。

しかし、それだけではないように思う。

それよりも、医療被害者支援基金法の成立のための、のろしにするのが本当の目的だろう。

律子からの情報はこれ以上見込めそうにもないので、野々村夫妻にアプローチを試みることにした。遺族に信頼されれば多くの情報が得られる。

地元では有名人である夫には、他社の記者が大勢張り込んでいて、膝詰めで話をする機会など持てそうにない。妻の結子が都内の病院に入院しているところまでは摑んだのだが、場所までは特定できなかった。

そんな時に、支局の田原が良い仕事をしてくれた。結子の大学の関係者から、今は実家に引きこもっているという情報を得たのだ。

ようやく目指す椎名重治の表札を見付けた。結子の実家だ。

スーツの胸ポケットに入れたICレコーダーを起動させてから、インターフォンを押した。

女性の声が応じた。

「突然失礼します。私、毎朝新聞医療情報部の記者で、四宮と申します。短時間で結構ですので、野々村結子さんにお話を伺えませんでしょうか」

被害者側の関係者を訪ね、取材を依頼するのは、何度やっても慣れない。

記者会見で当事者の言い分を聞いただけでは、事件は断片しか分からない。大勢のメディアが集まっている場所では、踏み込んだ質問もしにくい。結果的に、一対一の対話を求めて、自宅や、時には潜伏先まで押し掛ける。

真相究明のためというメディアとしての勝手な言い分はある。だが、被害者からすれば、プライベートに土足で踏み込まれて、言いたくないことまでしゃべらされるのだ。迷惑きわまりないのは理解できるし、智子自身も申し訳ないとは思うが、記者という看板を掲げている以上、避けて通れない作業ではある。

インターフォンは、沈黙している。

無視か……。

智子が腹を括って、ボタンに再び指を伸ばしかけた時、スピーカーから男性の声がした。

「失礼ですが、記者証をカメラにかざしてもらえますか」

インターフォンには、小型カメラが埋め込まれていた。智子は、鞄から記者証を取り出して、提示した。

暫くすると、玄関のドアが開いた。

白のワイシャツにスラックス姿の、自分と同世代の男性が姿を現した。夫の野々村喬一だった。

「こんなところまで追いかけてきて、何を聞こうというんですか」

「毎朝新聞で医療過誤を専門に取材している記者です。先日の記者会見に伺いました。喬太君のご不幸について考えさせられることがあり、取材しています。それで、ぜひ結子さんにお話を伺いたいと思い、図々しくもお邪魔しました」

「図々しいという自覚はおありなんですね」

神経質そうな夫の嫌みは、素直に受け入れた。

「病院の治療に過誤があったという疑念を抱かれていらっしゃいますよね。そこを正しく伝えたい、と考えています」

「困るんですよ、それ」

喬一が、いかにも迷惑そうに言った。

あれ？――妙だな。

息子の死に疑問を持ち、無念の怒りと共に提訴する――智子がこれまで見てきた遺族の姿だ。そういう気配がこの父親にはないようだ。

「妻は、取材に応じても良いと言っています。ですが、まず何をお尋ねになりたいのか、聞かせてください。それから決めたいと思います」

その時、不意に背後から人の声がした。

「こんにちは」

声をかけてきたのは、アフガンハウンドを連れた婦人だった。近所の住民だろう。興味津々で、二人を見ている。それで野々村も諦めたのか、智子を家の中に招き入れた。

二階までの吹き抜けになった立派な玄関ホールには、天窓から日差しが注ぎ込んでいる。

「それで、妻に何を聞くつもりです？」

「喬太君についての全てです」

「全て、ですか」

「誕生した日からのお話を伺いたいと思っています。喬太君の最期について記事を書くのであれば、全ての始まりからお話を伺わなければなりません」

ここで待つようにと言い残して、野々村は奥に消えた。

智子はその間に、医療情報部のＬＩＮＥに目を通した。

そのうち一本が智子宛のメッセージだった。

〝医療被害者支援基金法案、今国会で提出が決まったようです。政治部情報を厚労省担当の猪野が裏取り中。智子さん、日向先生に確認願えませんか〟

ついでに、家族で共有しているＬＩＮＥを開いた。

〝ママ、きょう、すいえい、さぼる。ばんごはん、パパとデート。ラッキー！　なごみ〟

今日は、定時で帰ろうと思っていたが、今から取材するなら時間は読めない。父と娘の間で、そういう話になっているのであれば、歓迎だ。

そこで、声をかけられて、智子は慌てて立ち上がった。

8

一体、結子は何を考えているんだ。

四宮という女性記者は、誠実そうではあるし、信頼しても良さそうだ。

彼女なら興味本位ではなく、喬太の短い人生に寄り添ってくれるかもしれない。

それでも、取材は後日に改めて受ける方がベターではないか。結子にも準備万端で取材に臨もうと説得したが、一度言い出すと譲らない彼女は、「今、会います」と引かなかった。

四宮は、あの日に何が起きたのかを、嘘偽りなく記事にしたいと告げた。

「四宮さんは、この事件をどのように捉えておられますか。第一印象でも結構ですから、教えてください」

結子が質問すると、四宮は一瞬驚いたように見えた。

「ご遺族を前にして失礼ですが、受診に母子手帳を持参されなかったことは、残念でした。ただ、それが原因で喬太君が亡くなったというのは、短絡的すぎます。それよりも、病院がどのような処置をしたのかが、重要だと思います」

胸をえぐられるような話だが、四宮が事務的に話すので喬一も冷静に受け止められた。

「私も、同感です。それが、一番知りたいところです」

「だとすれば、提訴される前に、賢中病院に問い合わせればよいのでは?」

「病院側の対応に、不誠実な面があるから、致し方なく提訴するんです」

「つまり、ご主人か、結子さんが病院に直接、お問い合わせになったんですね?」

「そうよね、喬一さん?」

「いや、そういうわけでは……」

「えっ、違うの！」

結子が、あまりに驚くので、四宮も面食らっている。ぶつけてきた視線が痛かった。

「野々村さん、どういうことでしょうか」

「病院に問い合わせたのは、僕じゃないんです。父の弁護士が勝手にやったことで」

「つまり、お二人のいずれも、病院には直接お問い合わせされていないんですね」

「そうですが、弁護士に対しての返答も対応が、誠実ではなかったそうです。結局は、同じ話ですよね？」

「同じではないと思いますが。いきなり弁護士が問い合わせをしてきたら、病院側だって身構えます。しかも、お二人から依頼されたのではなく、ご主人のお父様の代理人なのですから、なおさらです。もしかして脅されているのかも、と感じるかもしれません」

「それでも、病院の対応が悪かったのは、事実ですから」

「悪いって、実際はどんな対応だったんです？」

「えっと、……詳しくは聞いていません」

「では、その辺りの事情は、弁護士に、直接尋ねます。それにしても、お二人で病院に直接確認されていないのに、原告になられるのは、少し不思議な感じがします」

結子は、項垂れて考え込んでいる。

「話題を変えますが、結子さんは病院に対して不信感がおありなんでしょうか」

「喬太を失って、私は、自分を責めました。シンガポールなんて行かなければ良かったと。実家に戻って少し落ち着いて考えていると、喬太がなぜ死んだのかを、もっと詳しく知りたくなってきたんです。

喬太は、いつ肺炎球菌に感染したのか。兆候はなかったのか。見落としたとしたら、いつ、誰が。そして、喬太の発熱から、死に至るまでを一秒刻みで知りたいんです。でも、病院が発表した報告書は、そこまで詳しくはなかった。だから、もっと詳しい情報が欲しいんです」

# 第五章　暗雲

## 1

二〇日後——。

賢中病院の外来は、月曜朝の受診ラッシュでごった返していた。

堀江が午前の診察を終えたのは、午後三時を回っていた。

「よし、お昼にするか」

隣の診療室を覗くと、小児科医の白石聡子（しらいしさとこ）が男児を診ている。彼女は丸本の代理として小児外来を担当していた。

副理事長の判断で、丸本は出身大学の医局に戻された。当分、賢中病院の業務から離れて、回復に努めて欲しいという配慮だった。

だが、医局側は、その対応に激怒した。

指折りに優秀な研修医を預けたのに、再起不能すら懸念されるほどに追い詰めた。挙げ句に、医局に帰すなど、言語道断！　と、激しい剣幕で抗議してきたという。

　そして丸本の代理を派遣することを断固拒否した。

　そこで副理事長が、白石に助っ人を頼み込んだのだ。既に七〇歳を超えた白石聡子は経験が豊富なだけあって、評判が良い。

　白石が診察を終えるのを待って、堀江は声をかけた。

「白石先生、お昼をご一緒しませんか」

「ぜひ」と言って、白石は手際よく後片付けを済ませた。

　外来の看護師三人も誘って、堀江は食堂に向かった。

　五人で一緒にテーブルを囲んで、さあ食べようという時に、院内電話（PHS）が鳴った。発信者は副理事長と表示されていた。

　嫌な予感がした。

〝手島です。今、お時間よろしいでしょうか〟

「あいにく今、昼食中です」

〝副理事長室にお越しいただけますか〟

　用件を聞くべきかと思ったが、食事がまずくなりそうだ。「承知しました」とだけ言って、電話を切った。

副理事長室では、弁護士の熊谷も待っていた。

「先ほど、野々村ご夫妻の代理人から連絡がありました。喬太君の亡くなられた問題について、法廷で事実を明らかにしたいと伝えてきました。近く、提訴に踏み切るそうです」

一気に気持ちが塞いだ。小児科部長も兼務する内科部長の大門覚（だいもんさとる）に、マルメで二年間、フェローとして研究に専念したい旨を伝えて、了承を得たというのに。

「実際の対策は、訴状を見てからになります。堀江先生にもご負担をおかけしますが、どうぞよろしくお願い致します」

手島は腹を括ったのだろうか。

「喬太君の処置については、全ての記録をご遺族側に提供されてますよね。それをご覧になって、我々の治療に過誤があったと判断したんですね」

「そうなりますね。でも、詳しいことは摑んでいません」

「通常は、提訴に至るまでに、双方で何度か話し合いの機会が持たれるって、以前におっしゃっていましたよね。それは、どうだったんですか」

「実は、一度も、話し合いの機会がありませんでした」

先方は、最初から提訴ありきの態度を崩さず、いくら、話し合いの場を提案しても、決して応じようとしなかったらしい。

「じゃあ、裁判になるんですね。既に医療過誤の専門家の弁護士とご相談をされているんですよね」

「ええ。ですが、弁護士は裁判で争うような点はないということだったんですが……。こんな状況になってしまったからにはその弁護士――雨守先生に今夜、こちらに来ていただくことになりました。急な話で恐縮なのですが、お時間をいただけませんか」

「それは、構いませんが、家族がメディアに追いかけられるのは、避けたいんです。何か対処していただきたいのですが」

手島が、早急に手配すると答えた。

果たして、俺はマルメに行けるんだろうか。そんな不安が脳裏を過ったが、何を問題として指摘してくるのか分からない現状では、あれこれ考えてもしょうがない。

2

「とにかく、ジャックは、おまえに会いたがっているんだ。首に縄を付けてでも、サンフランシスコに連れて行くぞ」

午後の社内ミーティングの後、中田が喬一に言った。中田率いる開発チームは、シリコンバレーに本社を置くIT企業のSF社との共同開発を進めている。きっかけを作ったのは喬一で、先方の社長、ジャック・ソマーズとも意気投合していた。

相手は、事業化を見据えて両社の連携を強くするために、合弁会社設立を提案してきた。そのために、サンフランシスコで開催されるAIメッセへの参加と、会社設立に向けての役員同士のミーティングを求めているのだ。

「分かってるよ。ここが正念場だからな。せめて三日は滞在できるように調整する」

「ダメだ。最低でも一週間は必要だ」

そうしたい。だが、このところ毎日のように日向事務所から呼びつけられている。

記者会見を行った直後から、彼らは地元に臨時の事務所を設け、提訴に向けて情報収集や資料作成を進めており、準備は最終段階を迎えている。

提訴の見通しは、サンフランシスコでのメッセの開催日のあたりだった。

片切には出張で不在にすると既に伝えている。

彼は不満気だったが、そもそも自分たちはクライアントなんだし、中田に言われるまでもなく、最後は、強引にでも渡米するつもりだ。

「ジャックは、結ちゃんもアメリカに連れて来いと言ってるんだが」

「それは、無理だな。結子は、裁判の決着がつくまでは、きっと何もしないし、どこへも行かないと思う」

「だからだよ。ちょっと休息させないと」

完璧主義の結子は、裁判に専念したいからと大学を休職して、まるで日向法律事務所の一員のように、訴訟に関係する情報の収集に奔走している。

それが、彼女の精神を安定させているようだし、何かに打ち込んでいれば、自殺も考えないだろうと精神科医も言うので、やりたいようにさせていた。

しかし、このところ言動に思いつめたようなところがあり、喬一は気になっている。

「俺は今でも、裁判なんてやめるべきだと思っているんだ」

サイフォンで淹れたコーヒーを喬一に手渡しながら、中田が言った。

喬一自身も裁判の必要性には疑問を抱いている。

「でもな、結子を見ていると、彼女の好きにさせたいとも思うんだよ」

「それが、おまえの罪滅ぼしか？」

親友の中田とは、互いにどんなことでも言い合える。今の一言は応えたが、同時に中田の優しさも感じる。

「僕のことはいいんだ。喬太を失って、失意のどん底にいた結子が、今は生き生きとしている。だから」

「死んだ子の年を数えるようなことをしてちゃダメだ。俺はおまえらに今すぐ、世界一周の豪華客船の旅にでも出て欲しい。そこで、子ども作ってこいよ」

一人死んだから一人産むという発想ではない。死んだ息子のために嘆き続ける母ではなく、未来を考える母になって欲しいと中田は言う。

そこで携帯電話が振動した。片切だった。

〝お忙しいところ恐縮なのですが、こちらにいらしてくださいませんか〟

まったく恐縮しているようには聞こえない口ぶりだった。

3

日向事務所の臨時事務所は、喬一の会社に近い雑居ビルの中にある。東京のスタッフのための出先事務所だそうで、地方裁判所ともほぼ隣同士と言える便利な立地だ。

かつては、弁護士業を営む者は、自宅を含めて複数の場所で業務を行うことを禁じられてきた。

二〇〇一年に改正された弁護士法によって、二〇〇二年四月一日から弁護士法人の設立が認められ、法人としてなら複数の事務所開設も認められるようになった。

しかし、手続きが煩雑なため、東京に本拠地を置く弁護士が、地方で業務を行う場合は、ホテルを長期で借りて事務所代わりに利用するというのが、通例らしい。そんなことに煩わされるより訴訟準備に集中して欲しいと父は考えたらしく、父の名義で雑居ビルを提供したのだ。もちろん費用は、父が全額負担している。

いかにも昭和の建築というぼろエレベーターで、喬一は最上階に上がる。事務所はワンフロア全てを占用している。壁際に積み上げられた段ボール箱で狭くなった廊下を歩き、急ごしらえで設置されたカメラ付きのインターフォンを押した。

ドアが解錠され、中年の女性が応対した。

若林も会議室から姿を現した。背広を着てきっちりとネクタイを締め、冷房の利きが良いとは言えない部屋でも、汗一つかいていない。

彼も片切に呼び出されたという。

「用件を、聞いた？」

「いよいよ宣戦布告みたいですよ」

入江小雪（いりえこゆき）と名乗る若い弁護士が、二人を会議室に招き入れた。

殺風景な部屋の壁二面に天井までのファイルラックが並び、既に三分の一ほどが書類で埋まっている。

楕円形のテーブルでは、片切と結子がコーヒーを飲んで談笑していた。若林と喬一が席に着くと、結子は喬一の隣に座り直した。

「本日午前、賢中病院に、正式に提訴する旨を連絡しました」

片切が、改まった声で言った。覚悟はしていたが、正式に告げられると、気持ちが沈んだ。

「訴求の趣旨、つまり、何を訴えるかについては――、
一、適切な救急処置がなされなかったために、野々村喬太（当時二歳）を死に至らしめたことへの損害賠償。
二、病院、及び処置に当たった堀江悟（三八歳）及び丸本明菜（二七歳）の謝罪。
の二点です」

病院の他に医師二人まで被告にするのは、意外だった。

「訴える相手は、病院のみというケースが一般的じゃないんですか」

「病院の管理責任は大きいけど、私は医師にも責任を取って欲しいの。彼らの治療行為、あるいはミス、全部詳（つまび）らかにしたいの」

結子の口調は、まるで法律家のようだ。研究に没頭するのと同じように結子は、この提訴にのめり込んでいた。

「訴訟の主たる目的は、賠償金の獲得ではありません。あの時、どんな処置がなされたのか。救急時ではありますが、様々な選択肢がある中で、二人の医師が選択した処置に間違いがなかったとは言えない、もっと良い選択があったと指摘している専門家もいます」

賠償金の獲得が目的ではないと言うが、賠償金は、病院に一億円、医師には各五〇〇〇万円とある。病院はともかく、勤務医にこんな金額をふっかけていいものなのだろうか……。

「それにしては、法外な額を請求なさるんですなあ」

若林が感想を漏らした。

「別に驚くほどの額ではありません。それに高額であれば、世間からも注目されます」

「あの、どうして、世間の注目が必要なんですか」

「喬太のような不幸な出来事を、二度と起こさせないためよ」

結子が、迷いなく言った。

「先方と意見交換なさったんでしょ。いったい何が理由で提訴に踏み切ったんですか」

「一度も、意見交換はしておりません」

「つまり、最初から、提訴ありきだったと?」

片切が即答した。

「当然でしょ、喬一さん。訴えるつもりなら、こちらの手の内を見せちゃダメだもの」

「まあ、野々村議長のご希望でもありましたからねえ。それで先方はどんな反応なんです？」

若林まで、裏切るようなことを言う。

「電話でお話をしただけですが、手島副理事長は、覚悟していたような印象でした」

「先方の代理人は、熊谷弁護士事務所ですな」

「いえ、若林さん、それは不明です」

「なるほど。さすがに、あんなボンクラ父子では、勝てないでしょうから、医療過誤専門の弁護士が出てくるんでしょうな」

「病院は、大抵、訴訟リスクに備えて保険に入っています。こういう事例では、損保会社が、医療過誤に強い弁護士を紹介する場合が多いですね。ですが、誰が出てきても、大丈夫です。ご安心ください」

「こちらは、日本一の日向律子先生がついてらっしゃるんですからね。そこは、安心しております」

若林は、年季が入ってよれよれの古びたシステム手帳にメモをしながら、弁護士を持ち上げた。

もはや、後戻りはできない……。

「裁判所への訴状提出は、三日後を予定しています。提出後、日向所長も参加して、記者会見を開きます。お二人とも出席願います」

いや、僕はその日からアメリカ出張なんで、とはとても言えない雰囲気の中、喬一は中田に〝アメリカ出張は、無理そうだ。いよいよ裁判が始まる〟とメッセージを送った。

4

都内の実家にいるというので、丸本の聴取は、雨守事務所で行うことにした。

手島が立ち会うと言ってきたが、雨守は丁重に断った。病院関係者が立ち会っては、話しにくいだろうという配慮からだ。

丸本は、約束の時刻の一〇分前にやってきた。

雨守と瀧田は、先に面談室に入って、丸本を迎えた。

賢中病院の手島からは、かなり落ち込んで憔悴していると聞いていたが、会った印象では、落ち着いているように見える。線が細く、いかにも生真面目な印象だが、芯は強そうだ。

「僕は、長年医療過誤を専門にしてきました。色々あって、最近は、医療の最前線で頑張るお医者さんの応援に専念しています」

「大変、有名な先生だと伺いました」

「悪い方の有名じゃないといいんですがね。ともかく、野々村喬太君のご両親が、訴訟を起こされます。そこで、私がお役に立てるのであれば何よりです」

「まず、丸本さんのご経歴について、伺いたいと思います。これは、私たちが、あなたのことをしっかりと知った上で、お話を進めたいからです」

瀧田が、紅茶を勧めてから一問一答で経歴について尋ねた。

都内で美術関係の出版社を経営する父と公認会計士の母の間に、一人っ子として生まれた。日本医科大に入学し、医師国家試験に合格して、後期研修医として、賢中病院の小児科に赴任した。

小児科医を目指そうとしたのは、仲良しだった従姉妹を難病で失ったのがきっかけだという。

一通りの経歴を聞いたところで、雨守が尋ねた。

「小児科医は、激務だと言われていますが、ご自分の選択を後悔されたことはありませんか」

「いえ、全く。小児科の患者さんは、一人として同じ症状がありません。

だから私は、患者さんをじっくり観察して、治療法を考えます。そのため、時に判断が鈍いと怒られることもありますが、そうでなければ、見つけられない病もあります。そのプロセスを激務というならそうかも知れませんが、私は平気です。それに子どもが大好きなんです」

ひなたの主治医も、そんなタイプだったな。しっかりとひなたの状態を観察して、可能性を絞り込んでいく。小児科医には合っているが、急患やEDでの当直は大変だと、聞いたことがある。

――それでも、経験を重ねていくにつれて、急患でも慌てず、余裕を持って対処できるようになります。

きっと丸本も、同じタイプなのだろう。

「でも、今は、医者に向いていないと思っています。私は急患や救急が苦手です、などと言い訳する医者なんて、失格だと思いませんか」

手島からは、辞表を出そうとしていると聞いていた。

「どうかなあ。僕は、医者じゃないんで、分かりません」

そう言いながら、雨守は、ひなたの主治医の話をした。

「堀江先生にも、同じようなアドバイスをいただいていました。私のようなタイプは、とにかく色んな経験をしていくことが大事だって。スピードだけが、医者の全てではないと」

「そりゃ、そうですよ。ちなみに、賢中病院での勤務期間は、どれぐらいになるんですか？」

「七月に着任したので、三カ月になります」

「EDの夜間当直は、週一ですか」

「はい。なので、今までに、一二回当直をしました」

「やっぱり忙しいですか」

「日にもよりますが、一件も急患がないという日はありません」

「急患が増えると、お一人で対応されるんでしょうね」

そうだと返されたので、どんな患者を処置したのか尋ねた。

「交通事故、急性アルコール中毒、心臓発作などです」

「いずれも、お一人ですか」

「心臓発作などは、私の手に負えませんから、応援をお願いします」

「幼児が運び込まれたことも、ありましたか？」

「はい。だいたいは高熱ですが、あとは電池なんかの異物誤飲の場合です」

「高熱の対応というのは、何件ぐらい？」

「四、五件です」

「具体的には、どんな病気だったんですか」

「咽頭結膜熱（プール熱）、ヘルパンギーナ、それから、喬太君と同じ肺炎球菌髄膜炎も一例ありました」

「つまり、既に、同じ症例の急患の子どもの治療をされていたということですね。その時の処置は、問題なく？」

「お母さんが、母子手帳を持参されていて、ヒブの予防接種が完了していないと申告してくださったので、迅速かつ適切に処置できたと思います」

その時のカルテを入手する手配をしてから、「診療経過一覧表」を提示した。

「じゃあ、これを見てもらえますか」

賢中病院が提出してくれた電子カルテや、喬太死亡直後にまとめた報告書を基に、事務所で作成したものだ。

「救急医療の場合、数分の遅れが、命取りになるのは、ご承知の通りです。

また、医療者側は、様々な計器に記録された時刻を踏まえて電子カルテを作成するため、概ね時間の推移については、ブレがないのが、一般的です。しかし、患者さんの側は、カルテと異なる時刻の経過を主張される方もいらっしゃいます。

医療過誤裁判では、時間経過の記録が、何よりも物を言います。そして、双方の時刻が異なると、病院側が、正確な時刻を改竄したと非難される」

丸本は、生真面目そうに時々頷いている。

「そこで、この『診療経過一覧表』が役立つんです」

「時間が大事なのは分かりました。でも、処置に集中しているので、いちいち時刻を確認していません。うろ覚えのこともあります」

それで結構だと雨守が告げると、代わって瀧田が分刻みの記録を確認していった。

うろ覚えだったと言うが、丸本の記憶はかなり正確で、一覧表の数値とほとんど同じだった。

「CTが使えなかったということですが、使用を優先された多発外傷患者さんの処置後の経過については、ご存じですか」

「頭蓋骨が陥没していたのが、CTで判明しました。対応が早く適切だったので、一命は取り留められました」

その患者の電子カルテも必要だった。

「もう一つ、喬太君を運び込んだ時、お父さんは、喬太君が朝と昼食後に吐いたと言っていたとありますが、原因は判明しているんですか」

「いえ。保育園はすぐに病院に連れて行くよう進言したらしいですが、結局行ってないようです。それについては、堀江先生にお尋ねになった方が良いと思います」

「というのは?」

「途中で、処置を交代した時に、その点を報告すると、先生が『それは、まずいな』とおっしゃったので」

## 5

「病院が買収されるなんて、考えたことがなかったので、事務長から話を聞いた時は、驚きました」

さいたま市内の総合病院の食堂で、智子は、買収された病院で看護師長を務めたベテラン看護師から話を聞いていた。いかにも肝っ玉母さんというような佇まいだ。

「最初は、職場環境が良くなるかもって事務長が喜んでたから、それを鵜呑みにしちゃって」

「実際は、違った?」

「買収後はいいことずくめだと言う張本人が、退職するって聞いて、甘い話なんてないと思った。だから、理事長に念書を書いてと頼んだの。そしたら、あっさり書いてくれた。じゃあ、やっぱり信じてみようかって思ったわけ」

「買収時に、人員整理はなかったんですか」

「あった、あった！　だって、ＥＤや小児科、産科は不要でしょ。今から考えると、あの時に辞めとけば、早期退職手当が上乗せされたのに、バカだったわ」

だが、看護師長という立場もあって、彼女は、経営陣が代わった後も勤務を続けた。

「暫くは職場環境はまずまずだった。だって、一番大変なＥＤや、小児科、産科も閉鎖されて、人工透析と生活習慣病の入院患者のケアだけになったんだもの。仕事が楽になったと嬉しかった」

その代わり患者は、激減した。そして、ある日、理事長が一方的に閉院を宣言したのだ。

「ちょうど、新しい経営者に代わって一年目の日だったの。後で分かったんだけれど、病院を買収した時に、県とか市から補助金をもらっていたらしい。つまり地域医療の維持のためのサポートってやつね。その受給資格が、一年以上の病院存続が条件だったらしいわ」

その期限を越えた途端に閉院し、新たに温泉付き高級老人ホームへの建て替え工事が始まったのだという。

病院周辺は、温泉が湧出する鉱泉地で、院内では温泉療法をウリにしていた。病院経営が悪化した段階で、敷地内に泉源があると、医療コンサルタントが確認していたため、大手高級老人ホーム運営会社が、触手を伸ばしてきた。

「念書には、職場環境を維持し、五年間は病院を続けると約束してあった。そもそも県下で一番の規模で地域医療の拠点だったのだから、私たちスタッフはもちろん、県も激怒よ。念書を盾に交渉したけれど、まったく相手にされなかった。行政も買収した会社を訴えようとしたんだけれど、弁護士が違法性はないと判断を下し、ジ・エンドよ」

ちなみに新設の温泉付き高級老人ホームの分譲価格は、最高で一億円以上したそうだが、完売したという。

病院を買収したのはJMIで、「違法性はない」とはいうものの、モラルの面では、問題は残る。何より、地域医療を支えた病院の消滅で、地元に与えた影響は甚大だった。

「そもそも、経営難だったんですか」

「元理事長が無理な在宅介護ビジネスに手を出して大損したらしいわ」

「元理事長やファンドに、怒りはないんですか」

「腹は立つけど、しょうがないでしょ。日本中の田舎から大病院が消えていく時代だし、治療より、介護のニーズが増えているのも事実だからね」

「儲かる病院だから患者にとって良い病院というわけじゃないと思うんですけど」

「その通りだけど、現場にいる身としては、もっとお給料を！　もっとお休みを！　って切望しているのも事実だから、上手に儲けて欲しいとも思う」

それには、異論はないが、医療と経済的合理性は、相容れない気がする。

「医療技術が進歩すると、やがて、救えない命なんてなくなるかもしれない。但し、回復のために時間も人も、手間もかかる。それによって医療従事者の負担は拡大していくのよね。そのバランスが歪（いびつ）なの。だから、これは日本の医療制度の根本的な問題だと思う」

「私も強くそう思います。ちなみに、現在の職場環境はいかがですか」

「師長じゃない分、楽だけど、体力的には、そろそろ引退したいかな」

彼女は、自宅に帰る前に、デイサービスに預けている母親を迎えに行くという。

一体、いつ休んでいるのだろうか、と心配になるのだが、彼女は「人って、何でも慣れるのよ」と笑って別れた。

取材を終えると、日向律子からメールが来ていた。

〝三日後、いよいよ賢中病院に宣戦布告！　夕方、空けておいてよ。会見開くから〟

## 6

午後六時、副理事長が堀江と弁護士の雨守を引き合わせた。

医療過誤訴訟では、「凄腕」と評判らしいが、堀江の第一印象は良くなかった。言動も軽々しいし、とても〝切れ者〟には見えない。隣には、若い生真面目そうな女性が座っている。

「今日午後、丸本先生とお会いしました。良い先生だなあという印象を持ちました。最近は精神的に安定してきて、食欲も戻り、不眠も改善したそうです」

「職場復帰については、何か言っていませんでしたか」

「特には。でも、小児科医を続けて欲しいと思いましたよ。そして、堀江先生にも色々お聞きしておきたいことがあります」

堀江の自己紹介を黙って聞いた後、雨守が尋ねた。

「医師を志されたのは、いつ頃からですか」

「母方の祖母が、近所で内科と小児科の診療所を開いていました。おばあちゃん子だった私は、小学生の頃は、下校途中に、祖母の診療所に寄り道するのが日課でした。いつも朗らかな祖母は、患者さんにも人気がありました。ただ、残念ながら、祖母の子どもたちは、誰も後を継がなかったんです。それで、私が祖母に、大人になったら僕がお祖母ちゃんの後を継ぐと宣言しました」

「いい話だなあ。それで、今、お祖母様は、ご健在なんですか」

「三年前に亡くなりました。診療所は、一〇年程前には閉院しています。祖母の診療所こそ継げませんでしたが、祖母に叱られないよう小児科医として精進したいと思っています」

閉院すると聞いて、堀江は祖母に会いに行った。当時は後期研修医を終えたばかりで、大学の系列病院で小児科医としてスタートを切ったところだった。

あと、三年頑張ってくれたら、後を継ぐと堀江が言うと、「それは、無理。そんな理由で、医師を続けるわけにはいかない」と返された。

マルメでの研究を考えたのも、「良い小児科医になりなさい」という祖母の遺言を果たすためだ。

「そのためにもこの件は良い方向に解決して欲しいですね。それで、当日の経過を確認したいと思います」

そう言いながら渡された診療経過一覧表は、よくできている。堀江の記憶と変わらない。いや、堀江がはっきりと覚えていない呼び出し時刻や、処置の時間まで記録されている。

「まず、EDから呼び出されて、喬太君の処置に当たった初見の印象を聞かせてください」

高熱でぐったりして、青白かった幼児の顔が、思い出された。

「かなり深刻で、救命できるか判断がつかない状況でした」

「つまり、手遅れに近かったと？」

「そういう言い方はしたくないですが、危機的状況でした」

「ＣＴ撮影が遅れたのも、一因ですか」

「どうかな。あの時は、多発外傷で救急搬送された患者で、塞がっていましたから」

「丸本先生の対応が遅かったわけではない？」

「彼女の処置は、適切でした。夜間の当直をしていると、時々、ＣＴ撮影が必要な急患が重なることがあります。その場合の治療優先度（トリアージ）としては、多発外傷患者が優先されるのは、致し方ないですね」

「ご家族が母子手帳をお忘れになったのは、問題だったでしょうか」

「大問題です。それでも、ご家族がしっかりと予防接種履歴を把握されていたら、随分違ったと思いますが」

最初の印象とは違って雨守の質問は的確で、医学的な知識も豊富だった。こういう弁護士は、心強い。

「喬太君は、朝と昼食後に嘔吐されていたそうですね。それを丸本先生が報告したら、『それは、まずいな』と堀江先生がおっしゃったとか」

「ええ。朝と昼に嘔吐していたのであれば、朝には肺炎球菌に感染していた可能性があります。最初に喬太君を見た時に、これは一刻を争うと感じたのにも繋がります」

「では、朝、あるいは保育園で吐いた時に、診察を受けていたら、大事に至らなかった可能性がありますね」

「仮定の話はしたくありませんが、昼食後に吐いた時にすぐ病院に来てくれていたら、とは思いますね」

雨守の隣で黙々とメモをとっていた女性弁護士が、最後の堀江のコメントに二重線を引いているのが見えた。

「ありがとうございました。先生、いかがですか。私がお手伝いしてもよろしいでしょうか」

「ぜひ。今まで、医療過誤の専門家だと自任されている弁護士の方と、何人かお会いしたことがありますが、雨守先生からのような適切な質問を受けたのは、初めてです」

「光栄です。全力でサポート致します」

そこで、女性弁護士が口を開いた。

「曖昧な質問で恐縮なのですが、堀江先生のご経験上、急患を一目見て、これはどうにもならない、と思われることはありますか」

「明らかに兆候があれば判断できますが、急患で運ばれて来た時は、皆さん、生きてらっしゃるわけですから、全ての方を助けたいと思います。なので、単純に線引きはできません」

## 7

三日後、賢中病院と、喬太の治療に当たった堀江、丸本両医師を被告として、野々村喬一、結子夫妻は、医療過誤による損害賠償請求の訴状を地方裁判所に提出した。

そして、まもなく原告と主任代理人の日向律子による記者会見が始まろうとしている。

智子は、訴状提出の前に、律子や野々村夫妻への取材を試みたが、「会見後に」と退けられた。

支局の田原を連れて会見場に向かうと、証拠保全で会見を開いた時より、多くの記者が集まっていた。東京から数人、医療関係に強い記者も顔を見せている。

野々村喬一、結子夫妻と日向律子が入場し、雛壇に座り会見が始まった。

「本日、地方裁判所に、医療法人賢尚会中央病院と堀江悟、丸本明菜両医師を被告とする、医療過誤による損害賠償請求の訴状を提出しました」

病院だけではなく、医師二人まで被告としたのに驚いた。

日向事務所のスタッフが、記者に訴状のコピーを配布すると、会場がざわめいた。

「総額で二億円かあ」

幼児が死亡しているので、破格ではないものの、賢中病院と医師が、業務上過失致死罪に問われかねないレベルの過失を犯したと証明するのだと宣言したようなものだ。

喬太の死亡後に賢中病院が配布した報告書について、智子は小児救急の専門家に意見を求めた。〝CTの撮影が遅れたことは気になるが、それは救急ではありがちな不幸が重なっただけで、過失を問うのは難しい。また、後期研修医が当直を務めたことも、慢性的な医師不足を考えると、病院側に問題があったとはいえない。よほど、研修医に問題があった場合以外、使用者責任も問えない。気になるのは、病院に運ばれてきてから死亡するまでの時間が、短い点です〟

智子も納得する回答だった。

雛壇では、律子が提訴の経緯を説明していた。

「具体的な争点については申し上げられませんが、賢中病院が、ご遺族に対して誠意を尽くしていないというのが、提訴した最大の理由です」

「誠意とは、具体的に何を指すんでしょう」

記者が質問すると、「まずは、原告のお二人の話を聞いてください」と司会者が遮った。

野々村喬一がマイクを手にした。

「野々村喬太の父親、喬一です。高熱を出した息子の治療の一体何が問題だったのか。あの日の真実を知りたくて、提訴しました」

続いて妻の結子が、語り始めた。

「喬太の死について私たちにも理解できる言葉で、誠意を尽くして病院側には、ご説明いただきたいんです。何よりも、治療に当たられた堀江先生、丸本先生の口から、きちんと説明をして欲しいと思いました。

そして、お二人の治療に誤りがあるのだとすれば……」

そこで結子は、言葉に詰まって俯(うつむ)いてしまった。

「失礼しました。もし、お二人の治療に誤りがあったならば、喬太に謝っていただきたいと思っています」

## 8

「え！　私と丸本も被告なんですか⁉　病院を訴えたんじゃないんですか！」

原告は、病院に損害賠償として一億円、堀江と丸本には各五〇〇〇万円を要求しているらしい。

記者会見に潜り込ませた調査員から訴訟内容の詳細を聞いて、堀江は呆れてしまった。

ホテルの一室に集まった丸本を除く賢中病院側の関係者が、その一報に息を呑んでいる。

「堀江先生、落ち着いて。これも全て想定内です」

雨守一人が全く動じていない。

「病院として反論はしないんですか。相手は、仰々しい記者会見までして、我々を非難しているんですよ」

「もちろん、コメントは出しますよ。でも、それは訴状を拝見してからの話です。堀江先生、訴訟なんて気にしないでください。先生方は、こんな訴訟に巻き込まれてはなりません。裁判のことは、ご心配なさらないでください」

だからといって、不安が解消されるわけではない。

「これから何が起きるんですか」

「訴状に不備がなければ、賢中病院や堀江先生、丸本先生のご自宅に、裁判所から訴状が届きます。併せて、『第一回口頭弁論』の期日も指定されて呼出状も送られてきます。期日は、大抵は裁判長と原告の間で取り決められます」

「呼出状……それには強制力があるんですか」

「第一回口頭弁論は、答弁書さえ出しておけば、被告側は欠席しても大丈夫」

訴えられている側が欠席したら不利ではないのだろうか。

「その後、弁論準備手続に移ります。これは法廷ではなく裁判所内の一室で、裁判官と原告代理人、被告代理人の三者で行います。裁判の争点を絞り込んで、互いに必要な証拠を整理したり調べたりする作業です。ここには基本的に、堀江先生が参加する必要はありません」

その手続きは、通常月一回のペースで開かれ、双方が立証すべき事実を確定させるまで続けられるという。

「どんなに早くても、通常は一年から一年半はかかります」

「そんなに……」

もはや、マルメでの研究は諦めた方がいいのかもしれない。

「スウェーデンに留学されると伺いましたが」

「向こうの研究所で、小児医療政策について研究しようと思っています。この裁判がなければ、もう現地で研究生活を始めているところでした」

「スウェーデンに行かれても大丈夫ですよ」

「え……？」

雨守の言葉に部屋にいた全員が、驚いている。

「法廷に立つのは弁論準備手続が終わってからです。つまり、少なくとも一年近く先の話です。それまではどこで何をされていても結構です」

「しかし、それでは心証が悪くなりませんか」

副理事長の手島が心配そうに言った。堀江も同感だった。

「裁判官の心証ですか？　そんなの気にしなくていいですよ。なあ、早苗ちゃん」

雨守が瀧田に話を振った。

「法廷での態度は勘案されるかもしれませんが、日常生活の行動が判決を左右するようなことはありません」

そんな適当なものなのか。

「あれだけド派手に、原告が記者会見をしてしまったので、ご自宅や病院にメディアが来る可能性もあります。ご家族は、奥様の実家にいらっしゃるそうですが、そこに現れるのも、時間の問題です。この際、ご一家でマルメに引っ越されたら、いかがでしょう」

「副理事長、そんな勝手を認めてくださるんですか」

「準備が整い次第出発してください。その間に、雨守先生が堀江先生に聴取する時間を、若干いただければ、それでいいそうです」

それは、助かる。

「あの、それでしたら丸本の方も、対応をお願いできますか」

「丸本先生にも、暫く避難していただきます」

だったら、安心だ。

雨守から最近の様子を聞いた後、丸本に電話をした。声に明るさが戻っていたし、医療に対しての前向きな発言も聞けた。

「先日、丸本先生ご本人とお会いしました。それで、救急とかモンスター・ペアレンツなんていないようなのどかな場所の診療所のお手伝いをしてみないかと、ご提案してみました」

八方塞がりにも思えていた状況に、少しだけ光が差してきた。

9

喬一がホテルの会見場を後にした時は、全身がショートしたように熱かった。気力も体力も使い果たした。

「お疲れ様でした」と若林が労ってくれた。

「死ぬほど疲れたよ。今すぐ家に帰ってビール飲んで寝たい」

「いえ、今日は、こちらに泊まっていただきます。メディア対策です。ついでに申し添えますと、これから日向事務所の皆さんとお父上を交えた会食にも、ご参加願います」

「そんなの、聞いてないけど」

嫌みが伝わるようにため息をついた。

客室に荷物を入れたところで、我慢の限界に達した。喬一は、ミニバーの冷蔵庫から缶ビールを取り出して飲んだ。

「あのさぁ、こんなナーバスな時につまらない接待なんかに付き合わせるなよ」

「接待ではありません。今後の方針の摺り合わせを行うそうです。必ず参加してください」

やれやれ……。こんなことならサンフランシスコに行けばよかった。

「結ちゃんも来るの？」

「いえ、結子さんは免除です」

それは、良かった。また、何を言い出すか分からない。

「今、日向先生が、結子さんとお二人だけで話されています」

「なんで？」

「確かめたいことがいくつか出てきたから、とおっしゃっていますが、実際は、結子さんの精神状態をお知りになりたいのではと思います」

「そういうこと勝手にやられたら困るんだけど。僕も立ち会うよ。それよりメディアの反応をどう思った？」

「思ったより大勢集まりましたな」

「そういう話じゃない。彼らは僕らの味方になってくれそうかな？　若さんは、全国紙にも親しい記者がいるだろ。彼らはこの裁判をどう見ているんだろうか」

「私の手応えでは、今のところ六対四ってところでしょうか」

「どっちが六なんだ」

「同情的が六です」

「僕は、二対八ぐらいに感じたけど」

「確かに質問は、我々に対して批判的なものが多かったですな。ですが、あれだけのメディアが集まっていたのに嫌な質問をしたのは数人です。それ以外の記者たちは、味方だと思いますがね」

　この男は、主人のご機嫌を取るためなら、平気でウソをつく。昔からそうだった。

「ぼっちゃん、敢えて申し上げておきます。お父上が向かう敵は、賢中病院にしておいた方がいいです。さもないと、怒りの矛先が結子さんに向かいますから」

「意味が分からないな」

「仕事をするぐらいは許せるが、幼い子を放って、海外に出張なんて言語道断、あのバカ嫁が喬太ちゃんを殺した、と言いかねません。賢中病院が喬太ちゃんの命を奪った——それが一番良い解決策です」

そんなことのために、こんな大騒ぎをしていいのか。

喬一の戸惑いを察したらしい若林が、宥めるように肩を叩いた。

10

訴状を提出して以降、事あるごとに日向に呼び出された。結子とは別々の打合せが多かったが、今日は珍しく夫婦揃って呼び出された。

「お二人にご提案があります。暫くの間、地元から離れてもらえませんか」

「そんな急に言われても……」

だったらサンフランシスコに行ったのに――とは思うが、結子の前では言えない。

「メディア対策です」

「素人の私が、裁判に不利になるような話をすると思っているんですね」

結子が不機嫌になった。結子はますます打倒・賢中病院に夢中で、まるで自身が弁護士でもあるかのように、法律書や医療裁判の資料を読み漁っている。

「そうではありません。お二人は我々の切り札なんです。だから、メディアから隠しておきたい。今後は毎朝新聞の四宮記者はもちろん、いかなるメディアとも会わないで欲しいんです。賢中病院を叩きのめすために必要なことだと思ってください」

結子はまだ何か言いたそうだったが、黙って頷いた。

「喬一さん、サンフランシスコへのご出張予定があったとか」

「裁判があるし、キャンセルしましたよ」

「ぜひ、行ってください。結子さんとお二人で行っていただきたいんです」

「むしろありがたい話です。先方は、できれば夫婦で来て欲しいと言っていますから。でも、僕らが外国にいて大丈夫ですか。打合せとか……」

「被告側から提出された書面によっては確認事項があるかもしれませんが、それもリモートでどうにかなるレベルです。いかがでしょう、結子さん？」

「それで裁判を有利に運べるなら」

久しぶりに二人で旅行するのも、いいかもしれない。何しろ裁判沙汰になってから、結子との関係はぎくしゃくしっぱなしだ。

# 第六章　争点

## 1

提訴から一カ月半が経過して、ようやく原告側が具体的な争点を提示してきた。

民事訴訟は、原告と被告の言い分が衝突した時に起こされる。

今回の場合、原告側は、病院の処置に問題があったから、喬太君が死んだと訴えた。だが、病院側は処置は適切で、喬太君は救急処置でも救えなかったと主張している。

そこで、具体的に双方の主張の対立点を明確にし、裁判所に判断を委ねるのだ。

双方の反論を書面で提出すると、裁判所が対立点――これを争点と呼ぶ――を絞り込むのだが、この手順は弁論準備手続、通称「弁準（べんじゅん）」で行われる。

そして、原告側が争点を提示したことで、はじめて、裁判が動き始める。

裁判のプロローグとも言える弁準が行われるのは、通常は一カ月に一度。争点が絞り込まれるまで何度も行われるのだから、決着がつくまでの道のりは、気が遠くなるほど長い。だが、これでも近年は相当に改善されて、迅速化されているのだ。それまでの民事は、一審だけで数年がかりという例も少なくなかった。

ところが今回は、原告側が、「迅速なる審議に協力したい」と裁判所に申し出て、その結果、弁準を二〇日に一度とする異例の早さとなったのだ。

原告側が、争点とするのは、以下の一〇点だった。

1、喬太君が、病院に運び込まれた時、病院は迅速な処置を行ったのか。
2、「迅速な処置」とは、何分以内なのか。
3、喬太君が運ばれてきた時の所見は、妥当だったか。
4、頭部CT撮影実施の遅れが、処置を滞らせたのではないか。
5、喬太君が肺炎球菌髄膜炎だと診断するに至る過程に、問題はなかったのか。
6、肺炎球菌髄膜炎によって死に至った因果関係の明示。
7、堀江医師への連絡が遅かったのではないか。
8、接種履歴が不明でも、肺炎球菌髄膜炎は想定できたのではないか。
9、喬太君を救命するのに必要な処置時間は、何分以内か。
10、後期研修医を当直医に当たらせた任命責任——。

争点の数は、雨守の予想より少なかった。

原告側の争点では、野々村喬一が、母子手帳を持参しなかった点や、喬太が救急車ではなく自家用車で運ばれた点については、裁判では取り上げられない。弁準の途中で新たに提起されることもあるが、これをベースに争点の絞り込みが行われる。

だが、裁判では厳然たる「所与の事実」こそが、喬太君を死に追いやった重大な過失であると判断する。つまり、原告側には、大きなハンデがある。にもかかわらず、彼らはそれを承知の上で、賢中病院と二人の医師を提訴している。

裁判の場合、原告は、被告の過失を証明しなければならない。被告は常に受け身で、原告から指摘された問題点を撥ねのけられるかが勝敗を左右する。

雨守が見た限り、彼らの争点は、完全には白黒つかないものばかりだ。

だが、4と7の判断は、判決に大きな影響を与えるかもしれない。

あの夜、交通事故で満身創痍の患者が運ばれてこなければ、喬太君に、すぐに頭部CT撮影が行われただろう。結果的には、交通事故の患者は回復し、喬太君は亡くなった。優先順位を誤ったのではないかと主張するつもりかもしれない。

対抗するためには、多発外傷患者へのCT撮影の優先が妥当だったという、現場で対応した外科医や看護師の証言、そして、専門家の意見もあった方がいい。

七番目の争点は、最初に処置をしていた丸本医師が、経験が浅い後期研修医だったからというもの。ただし処置途中で、堀江医師に代わっている。これを、「処置時間のロスだった」と裁判所に思わせてはならない。

尤も、その4と7も、病院や医師の「過失」だと決めつけるのには無理があり、原告側が論破したいなら完璧な訴えが必要になる。

雨守は関係者への聴取やデータによって、これらの争点を吹き飛ばす重要な事実が存在している可能性に気づいていた。それが証明できれば、原告は、訴えを取り下げる程の切り札だった。

その裏付け調査を終えた瀧田と駒場が、事務所に戻ってきた。

「先生の予想通りでした」

雨守の部屋に、駒場と二人入ってくるなり、瀧田が言った。珍しく興奮している。

二人は、喬太が通っていた保育園の保育士に聴取をしてきたのだ。

雨守は、喬太が朝と昼食後に吐いていた事実に注目した。堀江が「朝には既に、肺炎球菌に感染していたかもしれません。もし感染していたら、朝から熱があったのではないか。それなら、喬太君が来院した時には、手遅れだった可能性が高い」と言ったからだ。

「保育園では、子どもを預ける時に保護者が、起床時刻や朝食の内容、そして体温を申し送り表に記入するんです。ところが、あの日、喬一氏は、体温を記入していませんでした」

喬一は、息子を送り届けた時、朝食後に吐いたけど熱はありませんと、保育士に告げたらしい。

「とても急いでいるようだったのと、複数の園児が、ほぼ同時に登園してきたので、その対応に追われて、確認が遅れたそうです」

「駒さん、その日の記録は、保育園に残っていた？」

「コピーをもらってきました」

駒場が手にしたコピーには、確かに体温の欄が未記入だ。

「その日の喬太君は、普段よりおとなしかったそうですが、もともと活発な子ではないので、保育士さんは、あまり気にしていなかったそうです」

問題が起きたのは、昼食後だ。

「喬太君が吐いたので、喬一氏を電話で呼び出したのですが、捕まらなかったので、お祖母様に連絡をしたそうです」

喬一の母親、野々村香津世だ。

「その時の喬太君の状態は？」

「顔色が青く、体温は三七度五分だったそうです。お迎えにきたお祖母様に、ぐったりしているので、病院に連れて行ってください、と言ったら、叱られたそうです」

地元のセレブだから、若い保育士の口調などに、カチンとくるのかもしれない。

モンスター・ペアレンツが話題だが、モンスター・グランドマザーもかなり厄介だと、以前妻が愚痴っていたのを思い出した。

「それで、そのお祖母様は喬太君を病院に連れて行ったんだろうか」

「原告側に確認したいと思います」

個人情報の保護のため、診察情報は原告に尋ねるしかなかった。

「この案件は、喬一氏より、お祖母ちゃんの行動に注目した方がいいかもしれない。こういうお祖母ちゃんは、自分の育児経験に自信満々だから、最新の保育情報には見向きもしない。で、結局手遅れになったという事例は、過去にもある。駒場さん、そのあたりも調べてください」

喬太が病院に運ばれた時には、既に手遅れだった――。

堀江医師の初見の印象が、現実味を帯びてきた。

2

スウェーデンの一一月の気候は、想像していたよりも悪くなかった。最高気温はほとんど一〇度を超えないものの、最低気温が氷点下という日もさほど多くはない。

それでも日照時間が短く、晴天が少ないため、街の空気は重く感じられた。

堀江が居を移して一カ月になる。マルメの暮らしは快適で、妻の沙恵も二人の子どもたちも楽しそうに暮らしている。

研究所の雰囲気も良かった。所長以下スタッフはとても友好的で、堀江が生活で不自由を感じないように何かと気遣ってくれる。

研究所のガーデンパーティを終えて帰宅すると、雨守からメールが来ていた。

〝原告から争点が提示されたので、送ります。私のコメント入りです。

先生には、2、5、6、7、8、9についてのご意見をいただきたいと思います〟

ざっと目を通して、ため息が漏れた。

原告は、医師と病院側の粗探しをしているとしか思えなかった。

たとえば、2の〝「迅速な処置」とは、何分以内なのか〟なども不毛すぎる。そんなことが分かれば、誰も苦労しない。運び込まれてきた患者の容態にもよるし、個人差も大きい。さらに、喬太君のように、予防接種歴が分からない場合の対応など、不測の事態が必ずある。それを「何分以内なら、迅速な処置です」と定義づけろとは……。

雨守のコメントを読んで笑ってしまった。

〝人は機械じゃありません。迅速な処置と定義される時間なんて分かるわけがない！　医療を分かっていない輩の愚問！

とはいえ、裁判では、理論的な反論が求められるでしょうから一応、こちらで複数の専門医に問い合わせます。僕の感触で言うと、一時間以内ぐらいかと〟

堀江の経験値で一時間は長すぎると思うが、急患が運び込まれてから、一息つくまでの間は、時間感覚がないことも多い。不本意ではあるが「一時間程度」で良しとするか。

5から8までは、雨守が完璧な回答を作成していた。堀江から追加で伝えることはなかった。

問題は9だった。

9、喬太君を救命するのに必要な処置時間は、何分以内か。

2の問いとほぼ同じ意味に思えるが、雨守に言わせると、2は一般的定義であり、9は喬太君の治療について特化した争点だという。

馬鹿馬鹿しい！

雨守も〝救急救命には、時間が勝負なのは事実ですが、それ以外にも多数の要素があるのに、原告は、時間ばかりにこだわっています。どうやら賢中病院が、カルテを改竄して、実際に処置に費やした時間よりも、短縮して記録したのではないかと疑っているようです〟と書き添えていた。

喬太君の問題が、メディアに取り上げられた時、七年前の不祥事に言及した記事があった。当時の詳しい事情は分からないが、裁判で完膚なきまでに叩きのめされ、その後、病院は大がかりな刷新を行ったと聞いている。

部長の大半を更迭（こうてつ）し、監査役として、医療過誤問題に詳しい大学の名誉教授も招聘（しょうへい）して、県民からの信頼回復に努めた。さらに、病院の電子カルテには「改竄防止システム」が入っていて、カルテ管理は厳重になっている。

雨守は、喬太君の保育園の保育士から聴取して、喬太君がその日の朝には既に肺炎球菌に感染していた可能性が高くなったとも書いていた。

病院に運び込まれた時点の喬太君の容態は、堀江には分からない。彼が、「これはまずい」

と感じたのは、丸本と交代してからだ。運び込まれた時から、危篤だったと推測はされるが、子どもは容態が急変するものなので、断定はできない。

堀江は、そう記して、「この点は、丸本にも確認してください。彼女は、患者をしっかりと観察してから処置法を考えるタイプなので、容態について、よく覚えていると思います」と続けた。

3

シリコンバレーのIT企業との合弁会社の設立交渉は、帰国したその日から始まった。今日も朝から長いミーティングがあった。それを終えた喬一は、中田からの呑み会の誘いを断って、オフィスを出た。

今日は、第二回の弁論準備手続の日で、これから、弁護士の報告を聞かなければならない。日向事務所の出先事務所周辺は、駐車場の確保が難しいので車を利用せず、喬一はマフラーをしっかり巻き付け、コートの襟を立てて歩き始めた。一一月下旬に入って一気に冷え込むようになった。

提訴から既に二カ月が経過しているが、弁論準備手続は二〇日に一度のペースなので、裁判が進んでいる感覚がまるでない。

特に、サンフランシスコの案件で忙しくなってきて、喬一が訴訟について考える時間は、日に日に減っていった。

結子は、先月から大学に復帰したが、帰宅時には必ず出先事務所に立ち寄っているようだ。

――過去の判例を調べたりとか、髄膜炎についての専門書なんかを読んでいると、ついつい遅くなるの。今では、あそこに寄らないと落ち着かなくなって。

そんな場所が落ち着くと言われるのは辛かったが、少しでも結子の心が安まる場所があれば、致し方ないとも思った。

「本日は、我々から提示していた争点について、被告側から回答がありました。被告側は、いずれも争点にならないと反論してきたので、改めて専門家とも相談します。それから被告側から、喬一さんに対する確認事項がありました」

「母子手帳を忘れた理由とかですか」

ずっと気になっていることだ。

「いえ、今回はそれは、含まれていません」

「えっ!?」

「あれは争いようがない『所与の事実』だからって、以前、説明してあげたでしょ?」

結子が教えてくれた。

「ああ、覚えているよ。でも、そこが僕らの弱点だから、突っついてくるのかと思ってね」

「裁判では、被告の過失を証明できるかが重要なんです。原告の喬一さんの過失について、被告側から詮索されることはあまりないんですよ」

「じゃあ、被告側は、僕に何を尋ねたいんですか」

「あの日の朝、喬太君が、自宅で嘔吐したのは事実ですか」

「ちょっと吐きました。二人とも寝坊しちゃったんで、早食いしたせいですけど」

「なるほど。検温は、されましたか」

「どうだったかなあ。したと、思いますけど。平熱でした」

喬太が高熱を出したのは、留守番をして三日目だった。その三日間のことが混乱して記憶されていて、そんな細かいことなど、もう覚えていない。

「保育園の申し送り表に、体温が記入されていなかったそうなんです」

「えっ! いや、ちゃんと記入しましたよ。だって、吐いたことだって、保育士さんに伝えたんですから」

隣の結子が、じっとこちらを見ているのが、気配で分かった。喬太を失ってから、結子は時々これまで見たこともないような冷たい目で、自分を見るようになった。それが嫌で、最近の喬一は、結子とできるだけ目を合わせないようにしている。

「被告側が、その日の申し送り表のコピーを入手して、証拠として提出しました」

そんなものが、残っていたのか。

確かに、喬太の欄には体温が記されていなかった。

「ウソだろ……。すみません、僕はてっきり」

「もう随分前のことですから、この程度の記憶違いは気にしないでください。喬太君は昼食後にまた吐いて、保育園から連絡があったんですよね」

「ええ。でも、僕は会議中で出られず、母が代わりに、お迎えに行ってくれました」

「その話、初めて聞くんだけど」

結子の言葉が突き刺さった。

「えっ、そうだっけ。ちゃんと伝えたと思っていた。ごめん、伝えたつもりになってたんだね」

「その時、保育士は微熱があるので、病院に連れて行ってくださいとお母様に言ったそうです。お母様は、病院に行かれたんでしょうか」

「行ってないと思います。母に電話で確認した時は、元気で遊んでいると言ってました。最近の保育士さんは、頼りなくてダメだとか文句も言ってましたけど」

言ってすぐに、後悔した。

保育園選びでも、結子と母で揉めたのだ。母は、友人が運営する社会福祉法人に預けるように強く言ったのに、結子は、保育が丁寧で幼児学習も行っているという別のこども園に入園を決めてしまったのだ。

そのため、結子も喬一も都合が付かない時に母に代わりを頼むと、必ずこども園の悪口が飛び出した。

「なるほど……。では、この点については、お母様にお尋ねした方がよろしいですね。若林さん、ご協力いただけますか」

「畏(かしこ)まりました。香津世さまと日程調整します」

若林は、システム手帳を開いて書き込んでいる。

「次に、喬一さん、夜帰宅されてからのことを伺います。ご帰宅は、午前三時過ぎだったと伺っていますが、その時、お母様は？」

「もう寝ていました」

「帰宅した時、喬太ちゃんの様子を確認されましたか」

「ええ。よく眠っていました」

そう答えると、不意に強い感情がこみ上げてきた。

「体に触れた時、熱はありませんでしたか」

「えっと、……喬太は、酒臭いのを嫌うので、体には触れませんでした」

「顔色とかは？」

「青白いように見えた気がします。あの、この尋問の意図は、どこにあるんですか」

不安と不信を、ぶつけてしまった。

「失礼しました。この日の朝には、既に喬太君は、肺炎球菌に感染していたのではないかと、被告側は疑っているようです」

「そんな！　だったら、保育園を早退した時点で母が分かったはずではないですか」

「感染してすぐには、高熱が出ない場合もあります。また、初期症状として、嘔吐するそうです。そして、徐々に熱が上がり、顔が青ざめます」

「母が見落としたとでも言うんですか！　そんなことは、あり得ないです！」

「でも、お義母様は、実際の育児経験は少ないでしょ。乳母がいて、あとはお手伝いさんが、あなたの母親代わりだったと、言ってたことがあったじゃない？」

言葉が出なかった。

一体、被告は誰なんだ。僕と母か!?

## 4

飛行機が奄美空港に着陸した衝撃で、雨守は目覚めた。いつの間にか寝入ってしまってい
た。
奄美が故郷の永井は大量の手土産を用意しており、雨守がその半分以上を持たされて、降
機した。外はさすが南国、一一月とは思えない暖気がボーディングブリッジに充満している。
「暑っ！」
「だから言ったでしょ、コートなんていらないって」
「同じ日本で、なんでこんなに違うんだ」
今朝の東京は既に初冬の寒さだったので、「日によっては、二五度を超えることもあるか
ら、大袈裟な防寒は不要」という永井のアドバイスを無視してしまった。
「コートを脱げば、問題ない」
悔しまぎれに言ったたが、快晴の空に輝く太陽は、東京のそれとは別物だった。ヒートテッ
クはやめておけばよかったな。

二人が目指したのは奄美市笠利（かさり）町の診療所だ。

空港から西へ一〇分ほど車で走れば、目的地に到着する。

「先生、丸本先生は準備オッケーよ。診療所でお待ちしていますって」

隣の席で電話をかけていた永井が言った。

永井の紹介で丸本は笠利診療所に勤務しているが、それは夕陽スポットとして知られる風光明媚な赤木名（あかきな）海岸に建っていた。

東京の一一月は午後三時を過ぎたあたりから日が傾き始めるが、南の島の太陽は、まだ高い空の上にあった。

車が市街地に入った。一直線に抜けると、前方に海岸が見えてきた。海岸の手前に、サンゴの石垣があって、ボロボロの看板が見えた。なんとか「笠利診療所」と読める。

駐車場に車が停まると、診療所の扉が開いて年配の看護師が姿を見せた。

「まあ、くるみちゃん！　おかえり！」

永井の幼馴染みのようだ。永井は旧友との再会で、しばらく話し込んでいたが、雨守が咳払いしてようやく、紹介してくれた。

「今、丸本先生はビーチにおられます。子どもたちと一緒に遊んでいます」

ホテルに荷物を預けて、さっそく赤木名海岸に向かった。

空と海の青さが、格別に美しい。

波打ち際で、丸本が幼児たちと砂山を作っているのが見えた。

ビーチの砂は細かくて、革靴が沈むほど柔らかだった。雨守は、靴に砂が入らないように気を配りながら、丸本たちの方に歩いた。

「なぎさちゃん、もうすぐトンネルが完成するから、慎重にね」

雨守の耳に届いた丸本の声は、明るく弾んでいる。彼女に声をかけられた少女は、「慎重」の意味が分からないのか、砂山のトンネルに勢いよく手を突っ込んで砂をかきだしている。

不意に砂山に穴が空き、トンネルが崩落した。

「あーあ、やっちゃった！」

丸本がため息をつくと、「何で壊すの、明菜ちゃん！」となぎさが非難した。

「えっ、私が悪いの？　ごめん、ごめん。じゃあ、もう一回やる？」

「もういいよ、明菜ちゃんぐずだから、私一人でやるもん」

そこで、丸本がこちらに気づいた。

「あっ、雨守先生。こんな遠くまでありがとうございます」

子どもたちも一斉に雨守に視線を向けてくる。

「明菜ちゃん、だれ？」

なぎさが尋ねると、丸本は「先生のお友達よ、ちゃんと挨拶してね」と紹介した。

雨守が子どもたちの前にしゃがみ込んで、「こんにちは」と言うと、元気の良い挨拶が返ってきた。

「先生はお話があるから、みんなは遊んでてね」

子どもたちは素直に海の方に走って行った。

「丸本先生は、子どもの扱いが上手ですね。それで、あそこの階段で話しませんか」

堤防の端がコンクリートの階段状になっていて、ビーチが眺められる。

「私は構いませんけど、雨守さんのお洋服が汚れます」

「お気遣いなく、安物ですから。永井さん、悪いけどコーラ買ってきて」

永井は丸本にも飲み物を聞いて、海辺の自動販売機に向かった。

海風が吹いて、暑さも感じなかった。

「ここでの生活は、いかがですか」

「とても、過ごしやすいです。雨守先生には、何とお礼を申し上げれば良いか。医師として働き出してから、今が一番元気かもしれません。ここでの仕事と、賢中病院での仕事が、同じとは思えないほどです。こういうのんびりした診療所の方が、私には向いているのかもしれません」

「のんびりどころか、栄先生の話では、着任していきなり急患の子どもを二人、救ったそうじゃないですか」

丸本に会う前に、診療所の栄忍所長に、電話で聞いていた。

――人柄もいいし、熱心ですから、早くも島の人気者です。

彼女は、手放しで丸本を褒めた。

「救ったというのは、大袈裟です。あれは急患というほどでもなくて。子どもにはよくある急な発熱や嘔吐ですから」

そのエピソードは心強い。二件の急患はいずれも、栄所長が鹿児島市内に出張中だった時に起きている。

戻ってきた永井がコカ・コーラの缶を差し出した。丸本にはミネラルウォーターを渡した。さっそく雨守は喉を鳴らしてコーラを飲んだ。渇ききった喉には最高の薬だ。

「子どもたちの親御さんが迎えに来たので、連れて行きますね」

永井はそう言うと、砂山とまた格闘している三人組の方に歩いて行った。

「ちょっと裁判に関してお尋ねしたいんですが」

弁論準備手続（弁準）の件で、丸本に確認しておきたいことがあった。それで遠路はるばるここまで来たのだ。

「先生が、賢中病院に赴任直後のことですが、二度にわたって治療ミスがあったという指摘が、原告側から来ています。覚えていらっしゃいますか」

青い空を飛ぶカモメを眺めながら、丸本は記憶を呼び起こしているようだ。やがて、こちらを向いた。

「そんなことまで調べられちゃうんですね。一度目は、着任した日です。五歳の男の子が採血の時に暴れました。注射が大嫌いな子で、手間取りました。私、採血や点滴のルート確保が、あまりうまくないんです。結局、傷つけてしまって」

だが、傷は浅く、親も息子が悪かったと納得して、大きなトラブルにはならなかったと記録にはある。

「着任直後で緊張していたのもありました。それ以来、可能な限り採血は看護師さんに任せるようにしました。というより、堀江先生と正木看護師長で、そういう取り決めになりました。もちろん、状況によっては、採血したりもしましたよ」

「その後、そんな事故は?」

丸本が苦笑いした。

「ありません。採血が苦手だった看護師がいまして、二人でお互いの腕の血管で特訓したんです」

それについても、賢中病院のナースセンターで、瀧田が聴取している。

「もう一件は、初めて当直した時の失敗だと思います。交通事故で酷い怪我をされた女性の手術のサポートに入りました。私は、治療中に失神してしまいました」

それも、調書にある。

「失神とは穏やかじゃないですね。過労ですか」

「いえ、メンタル的なことで。個人的に嫌なことがあって不眠続きだったのと、当日は朝から忙しすぎて水すら飲んでいなかったので貧血を起こしたんです。開腹手術の真っ最中で、私が倒れた衝撃でもう少しで患者さんを傷つけるところだったそうです。重大な失態でした。この件については、始末書を書きました」

「原告は、あなたが血を見ると卒倒するタイプなのでは、と考えているフシがありますが」

原告側の病院への質問内容を見ていると、丸本に対して医師失格というレッテルを貼りたいように思える。特に、血を怖がっているという証明をしたいらしい。

「いくらダメな私でも、血を見て卒倒するのであれば、そもそも医学生にすらなれません」

「そりゃそうですね。ちなみに当時の嫌なことというのは、解決したんですか」

「いわゆる失恋です。つきあっていた男性が、私の親友に手を出して――でも、もう忘れました」

「それは、良かった。ところで喬太君は、あの日の朝には既に肺炎球菌に感染していた可能性が高くなってきました」

「それが事実なら、お父さんは辛いですね」

優しい子だな。

「それで、喬太君が運び込まれた時の容態についてお尋ねしたいんです。診察し、どう思われましたか」

親に手を引かれた子どもたちが、浜の入口で手を振って「またね」と叫んでいる。丸本も「ばいばーい」と声を張り上げた。

「喬太君の診察ですが、そんなにたくさん経験があるわけではありませんが、その数日前にも、同じ症例のお子さんを救急対応したので、その子より重そうだなと感じました」

「もう少し具体的に言うと？」

「かなりぐったりしていたのと、高熱があるのに、汗をほとんどかいていなくて、慌てて輸液を入れたんですが、生気は戻りませんでした」

「それ以外は？」

「高熱の子は、息が荒いんですが、喬太君はそれも弱々しかったと思います」

「喬太君は病院に到着した時には、既に手遅れだったと思われますか」

「手遅れなんて、言葉は使いたくありません。でも、重篤であると覚悟して、治療しようと思いました」

それで、充分だった。

「子どもの病気って、怖いなって、思います」

丸本は、海の上空で群れるカモメを見ている。

「病気の兆候って、細かく観察していると、色々あるんです。でも、自身の不調を言葉で伝えられない子どもの場合、医学の専門家ではない家族が、その兆候を見つけるのは、とても難しい。

もし、喬太君の朝の不調こそが、重大なサインだったと分かったら、お父さんは堪らないと思います。それを考えると、なぜ、改めて裁判なんて起こして、真実を探ろうとするのか、私には分からないんです」

両親からすれば、少しでも自責の念が軽くなればいいと藁にも縋る思いで一杯なのだ。だが、事実を詳らかにしていけば、さらに傷つくことになる。

漁港が近いせいか、ここはカモメが多い。そのうちの一羽が魚をくわえて飛び立とうとしたら、大きなカモメがその魚を狙って襲いかかってきた。暫く攻防が続いたが、最後は魚があっけなく海に落下して、低空飛行していた他の一羽がかすめとってしまった。

# 第七章　反撃

## 1

三度目の弁論準備手続が過ぎても、母は、聴取に応じなかった。聴取当日に体調が悪いなどの理由をつけて、延期してしまうのだ。

母を担当する片切は困り果てて、喬一に説得を頼んできた。

――別に逃げているわけじゃないわよ。こう見えても、私だって忙しい身なのよ。お父様がらみの義理のおつきあいが、あったりもするの。それに、もう歳でしょ。昔みたいに無理がきかないし。そもそも、私は話すこともないわよ。

結局、実家で喬一が立ち会うことを条件に、母は聴取に応じた。

また、ドタキャンするのではと、気が気ではなかったが、今度は取り越し苦労に終わった。

クリスタルの花瓶に活けた大輪の花が出迎える応接室で片切と待っていると、父の選挙応援に立つ時によく着ている黒のスーツ姿で母が現れた。

「お時間をいただきありがとうございます。喬太君の亡くなった前日と当日について、いくつかお尋ね致します」

「あなた、大学は?」

いきなり片切の質問を、母は遮った。

「えっと、慶應です」

「まあ、じゃあ、私や夫の後輩じゃないの。喬一も、そうよ。学部は?」

「法学部です。失礼ですが、奥様、本日は、裁判の準備のための調査にご協力いただきたいと思います。喬太君が保育園で嘔吐したので、迎えに行かれた時のことなのですが」

「あそこの保育園はね、理念よりも経営が大好きでいらっしゃるの。欧米の教育プログラムを導入したとか謳い文句が派手な上に、お月謝はやたらと高いの。ウチの嫁のような、自分を有能だと思い込んでいる母親たちは、みんなありがたがっているけれど、幼児教育の基本がなってないから子どもが可哀想で」

「そうですか……。保育園にお迎えに行かれた時の様子を、ご記憶ですか」

「もちろん! 保育士は、喬太が病気かもしれないなんて言ってたけど、想像力の欠如ね。あれは、ママが海外旅行に行って寂しくて、吐いちゃったの」

「喬太君の体調に、異変はなかったんですか」

「お迎えに行ったら、大喜びしてくれましたよ」

嫌みで大袈裟な母には腹が立ったが、それ以上に自分にムカついた。喬太が寂しかったのは、間違いない。なのに僕はそれに気づいていなかった……。

「保育園からは、病院に連れて行くようにという話があったそうですが」

「ええ、言われましたよ。結子さんも同じだけど、小さい子が少しでも体調を崩すと、若い方は慌てちゃうのよね。私、夫のご縁で、長い間、養護施設のボランティアと民生委員をやっておりましたの。それこそ、いろんな方のいろんな状況を見て参りましたから、本当に危険な場合を存じ上げておりますのよ。

あの程度であれば、家に帰って、安静にしていればすぐに良くなるんです」

「それで、病院へは？」

「喬太は、病院が嫌いな子で。怖がりなのよ。病院へ行って怖い思いをしたら、余計に悪くなると思って、行かなかったの。あの頃、ヘルパンギーナが流行してたの。小児科なんて連れて行って、感染(うつ)されるのも怖かったし」

診察を受けていたら、喬太の病気は見つかっていたかもしれない。

「母さん、なんで、そんな大事な話を、僕に言わなかったんだよ！」

思わず叫んでいた。実の親ながら許しがたいミスだ。

「保育園から、二度も呼び出しがあっても電話に出られないぐらい、あなたは忙しかったじゃない？　それに、家に帰ってからの喬ちゃんはずっとご機嫌だったし、おもちゃで一緒に遊んだのよ」

「喬太君の発熱に気づかれたのは、何時頃ですか」

「正確な時間は覚えていないけど、夜中に、お手洗いに立ったついでに寝室を覗いたら、様子がおかしかった。それで、すぐに息子を起こしたの」

「喬一さんは、お母様から起こされたのが、午前四時頃だとおっしゃっていますので、その頃ですね」

「そうなるかしら」

「就寝前は、いかがでしたか」

「絵本を読んであげたんだけど、普通でした。すぐにすやすやと寝息を立てて寝ましたよ」

「話が遡ってしまいますが、夕食の時の食欲は？」

「そうね、普通より少なかったかしら。元々、食が細い子だから。結子さんが神経質だから、食べる物にはとてもうるさいの。でも、健康にいい物って、子どもには、美味しくなかったりするのよね。それで、喬太は食に興味がなくなったみたい」

「母さん、あんまりだよ！」

「だって、二歳の子どもに市販のお菓子はダメ、外食もダメ、ジュースだってオーガニックじゃなきゃダメって、厳しすぎるのよ」

「最後に、賢中病院で処置に当たられた丸本先生の印象を聞かせてください」

「お若い方で、経験が少ないのかなと、思いました。喬太の様子を見て戸惑っていらっしゃるようでしたし」

片切はそれ以上、何も尋ねなかった。彼の顔を見ると、この面談の成果が推し測れてしまった。

2

年が明けた頃、智子の元に、「取材をお受けする」という連絡が来た。雨守誠だ。予想もしない相手だったので、智子はすぐにアポイントメントを取った。

都内に雪が積もった日、智子は、ＪＲ中央線国立駅に降り立った。

日向事務所に在籍していた頃は、雨守は、智子ら医療担当記者との交流に積極的だった。情報交換のための会食にも積極的だったし、単独インタビューにも気軽に応じてくれた。

メディアを味方にすることが裁判で重要だと考えていたからだという。さらに、案件を考える時に何より参考になるのが、訴訟の当事者とは異なる視点である記者の思考だとも言っていた。

雨守と知り合ったのは、アメリカの大手製薬会社を相手取った薬害訴訟がきっかけだった。当時、まだ現役だった日向則雄が「今、ウチで一番元気で、優秀な若手だ」と言って、雨守を紹介してくれた。

則雄の言うとおり、雨守はとてもエネルギッシュで、奇抜で攻撃的な弁護を展開して、成果を挙げていた。

――僕と智ちゃんで、悪徳病院と医者を叩き潰そう。

飲むと、決まって雨守は、そう気炎を上げていた。

時には雨守から病院の経営陣や医師の不正などの情報の提供も受け、智子は他社を圧倒するスクープを飛ばしたこともあった。

ただし、カネにだけは執着する男だった。

――アメリカの法曹界では、訴訟で大儲けする弁護士を「レインメーカー」って呼ぶそうなんだ。僕も、それを狙ってるんだ。

子どもの頃から貧乏で、それに耐えて、弁護士になったため、きれい事だけじゃ生きていけないときっぱり言い切る。それが、他の人権派弁護士と異なる雨守の人間臭さで、智子には好感が持てた。

そんな状況の中で、あの〝事件〟が起きる。大物芸能人の娘が手術直後に死亡し、両親は、心臓外科医による手術ミスを訴えた。原告側代理人を日向事務所が引き受けたのだ。

執刀医は雨守の愛娘の心臓手術を成功させたゴッドハンドだった。結局、彼の上司である教授の裏切りもあって、原告が勝訴する。

雨守は、外科医の名誉挽回のために奔走するのだが、彼自身が、代理人となることはできない。

そこで、「あの大学病院と教授の不正を裏付ける証拠がある。記事にして欲しい」と雨守から、資料を押しつけられた。

智子も独自で取材をし、不正を突き止め、関係者への裏付け取材も終え、原稿を書き上げたところで、待ったがかかった。

東京地検特捜部が立件できないと諦めた事件であり、問題となる大学教授は、政府の諮問会議の委員も務める大物だった。その人物を糾弾するには、情報が足りない――というのが、理由だった。

特捜部が立件しなくても、不正が存在すれば記事にすればいい。相手が、大物だからこそ、記事にする意味があると訴えたが、却下された。

それを雨守に伝えたところ、「なんだ、君も体制側の犬だったのか」という酷いメッセージと共に、縁が切れてしまったのだ。

もう二度と会ってもらえないだろうと諦めていたのだが、「野々村喬太君事件」に雨守が関わっていると知ってダメ元で取材を依頼した。二カ月以上、全く音沙汰がなかったのに、不意に応諾の連絡が来たのだ。


「ご無沙汰です、元気でしたか。で、今日は何を聞きたいの?」

かつて人を、「体制側の犬」呼ばわりしたことなんて、すっかり忘れてしまったかのような口ぶりだった。

「賢中病院に対する訴訟の被告代理人をお引き受けになっていますよね」

「賢中病院は、付録。僕は、堀江先生と丸本先生の代理人だと思っている」

「なるほど。つまり、先生は、正義は、お二人の医師にあると確信しているんですね」

「正義かあ。若い頃は、酔うたびにそんな青臭い言葉を、口走ってたよね。でも、最近は正義なんてもんは、厄介なだけだと思うようになった。彼らを支援するのは、つまらない訴訟で潰されることなく医療活動を続けて、多くの患者さんを救って欲しいからだ」

意味は、同じだ。

「年末に出た医療被害者支援基金法案の記事は、読んだよ。あれで、あのクソ女の企みが透けて見えたので、感謝している」

記事は、医療被害を受けたのに、泣き寝入りする被害者の実態に鑑みて、法案の成立が救済となるプラスの面と、被害者が弁護士たちの食い物にされたり、優秀な医師が傷つくリスクも、体験者へのインタビューを交えて書いた。

また、現在律子が取り組んでいる喬太の事件にも少しだけ触れた。

「では、雨守先生は、あの法案に反対なんですね」

「総論賛成、各論反対だね」

「何が反対なんですか」

「基金を申請するのが、弁護士という点。さらに、カネ欲しさにあくどいことをする弁護士に対する罰則規定が必要なのに、それがない」

こういう人物こそ、政府の諮問会議の委員になるべきなのに。

「同感です。国会で審議が始まった時に、もう一度、しっかり書くつもりです。その時に、今のお言葉、使わせてください」

「いいよ。それで、クソ女は、本当に代議士になるつもりなのか」

「それは、ご本人に聞いてください」

政治部の選挙班の記者によると、律子は与党から内々に公認をもらっているらしいが、答えるつもりはない。

「つまり、YESってことだね。医療過誤被害者の救世主っていう実績を手にして、出馬するのか——。いずれにしても、あいつは、法案と政界入りのために、野々村家を踏み台にしようとしている。許せないと思わないか」

「踏み台って、どういう意味ですか」

「あれは絶対、勝てないからね」

「母子手帳の不携帯と、頼りない父親のせいで、ですか」

智子と支局の田原で取材しても、野々村家の勝算は、低そうではある。

「それだけじゃない。あまり詳しくは言えないけど、既に、向こうも敗訴の目を感じていると思うよ」

「律子先生は、強気ですよ。負けるわけないと豪語しています」

「相変わらず状況判断能力が低いんだな。本当に、則雄先生に、どんな顔向けをするつもりなんだろうね」

「野々村ご夫妻は、提訴直後は、一切取材に応じなかったんですが、最近は、ようやく態度が軟化して、お話を伺えるようになりました。一方の堀江、丸本の両医師は、一切取材できません。それは、あなたが止めているからでは？」

「じゃあ、取材してみる？　本人に聞いてみないとダメだけど」

「マスゴミをそんなに信用していいんですか」

「そうじゃないと、今日も、お呼びしていない。尤も、丸本先生がＯＫだった場合でも、ウチのアソシエイトが立ち会うのが条件だけどね。それと、取材者は、君だけ。他は認めない。ちなみに取材するなら奄美だよ」

上は渋るだろうな。いくらＬＣＣを使っても高そうだし。だが、持ち帰るという答えを、雨守は許さないだろう。

「ぜひ、お願いします」

3

県立公園の桜が満開を迎えた。

のろのろと進んでいた弁論準備手続も、徐々に争点が絞り込まれてきた。

当日の処置については、原告被告双方が、小児救急の専門家に意見書を依頼しており、それもゴールデンウィーク前には揃う。

また、カルテを改竄していないことを証明するために、専門家による電子カルテ機器の調査も決まった。

それでも、関係者が法廷に立つ「集中証拠調べ」はまだ数カ月先の話だ。

日向事務所での打合せを終えた後、喬一は結子に、「県立公園の桜を見に行かないか」と誘った。

結子は、一瞬躊躇ったものの、行くと言ってくれた。

県内随一の桜の名所である県立公園は、大勢の花見客で賑わっていた。

酒や料理を持ち込める宴会エリアから離れて、桜の花の下を巡る遊歩道を歩いた。

「ゴールデンウィークはどうする」

裁判にのめり込んでいる結子が心配で、サプライズの温泉旅行を計画していた。

「どうしたの？　急に」

「ちょっと裁判から距離を置いて、心も体も休ませて欲しくて。その頃には仕事も落ち着くし」

結子は、暫く黙って歩き続けた。

「ごめん、そんな気分になれない」

「裁判の決着がつくのは、ずいぶん先だぞ。この辺りで英気を養うべきだと思うけど」

「あなたは、楽しめるの？」

「えっ？」

「喬太は、苦しい思いをして亡くなったのに、私たちだけ苦しみから抜け出すなんて……、そんなことできない」

「そうか……。僕が無神経だったね。ごめん」

「今月で、大学を辞めるの。正確には、クビになったんだけどね。喬太の裁判に時間を取られて、授業や研究を疎(おろそ)かにしたというのが理由、ということになっている」

「やけに、意味深な言い回しだね」

「そこから先は、お義父様に聞いて」

「だったら、マサチューセッツ工科大学(MIT)に移籍するんだね？」

「もう、そんな席、とっくにないわ。私、予備試験を受けようと思うの」

「何の予備試験？」

「司法試験よ。日向事務所のお手伝いをしていて、法律に興味を持ったの」

# 4

茹だるような暑さと喧しい蟬の鳴き声がおさまった頃、ようやく争点が揃った。
最終的に絞り込まれた争点は、

1、喬太君が、肺炎球菌に感染したのは、いつか。
2、喬太君が、病院に運び込まれた時、病院は迅速な処置を行ったのか。
3、堀江医師への連絡が遅かったのではないか。
4、予防接種履歴が不明でも、肺炎球菌髄膜炎と診断できたのではないか。
5、喬太君を救命するのに必要な処置時間は、何分以内か。
6、丸本医師に、喬太君の処置は可能だったのか――。

そして、一カ月後に、証人と原告被告本人に対して尋問を行う「集中証拠調べ」が、法廷で行われる。

裁判所を出た雨守と瀧田は、事務所のワンボックスカーに乗り込んだ。スライドドアが閉まった途端に、瀧田が深いため息をついた。

「もっと争点は、絞り込めたのに。裁判長は甘々でしたね」

「慎重派なんだろう。東京には、医療専門の法廷があるけど、地方では、医療過誤裁判そのものの件数が少ない。だから、慎重にならざるをえない」

尤も、雨守としては想定内のものばかりだ。

「瀧田弁護士としては、どんな感触を持った？」

「原告側の書面を見る限り、強引なものや、詭弁としか思えないものが散見されて、驚いています。天下の日向事務所ですから、パーフェクトな書面が、ずらりと並ぶのかと思っていたので」

「そんなもの、過去の栄光だよ。律子先生が代表に就いてから、優秀な先輩方はみんな辞めちゃったからね。片切程度がエースでは、しんどいな」

片切は、それなりに優秀な弁護士ではあるが、創造力のための想像力が足りない。弁護士業に必要なのは深い法律の知識と思われがちだが、それ以上に、戦略のクリエイト力が重要だった。

それが、裁判官をこちらに引き込む力となる。

「争点で気になるものはある？」

「やはり、丸本先生が、攻め処だと思っているんでしょうね。それと、母子手帳がなくても病気の特定はできたことを証明したいんでしょうけど、病院に到着した時には手遅れだったという、私たちの主張が通れば、そんなものは、何の意味も持ちません。

それにしても、丸本先生が本件発生以前の夜間当直で、肺炎球菌髄膜炎の幼児を正しく処置していた事実を書面提出しなかったのはどうしてです？」

「原告は、丸本先生にダメ医師のレッテルを貼ろうとして、根拠に乏しい噂話程度の丸本先生の失敗をあげつらっている。

我々は、衛藤看護師、丸本先生本人、そして、堀江先生の口から直接、丸本先生が優秀な小児科医であることを、裁判長に印象づけたいんだ。だから、切り札は伏せておきたい。

なぁ、城攻めと裁判ってよく似ていると思わないか」

城と聞いて、瀧田の目の色が変わった。

「どういう意味ですか」

「以前、城攻めの勝敗を左右する重要な要素の一つは、『後詰め』の有無だって教えてくれただろ。つまり、強力な援軍があるかどうかだと。

我が方は、協力的な病院の経営陣に加え、二人の医師が誠実かつ優秀なおかげで、揺るぎない。

ところが、原告側は、カネだけは野々村県議会議長が潤沢に突っ込んでいるけど、専門家はしょぼいし、何より、野々村家がバラバラに見える。片切は、苦労しているようだ」

「なるほど……。確かに、おっしゃるとおりですね」

「もう一つ、城探訪をする時に、早苗ちゃんは地形全体を把握した上で、城の細部を摑んでいくだろ。これも、僕らの仕事に近くないか。

結局、僕ら被告側は、城を守る側だから、そのために縄張り図を自分で描いて、要所要所に防御の要を据えていく。そういうところが、共通していると思う」

「先生、お見それしました。今日から、師匠と呼ばせていただきます」

高速道路から見える山並みを眺めていると、また、城に行きたくなった。

## 5

雨守法律事務所との国際電話を切ると、堀江は天を仰いだ。

覚悟はしていたが、いざ裁判の尋問に召喚されたと聞くと、気が重くなった。

夕食の席に戻ると、何事にも察しの良い妻の沙恵が「ついに来ましたか」と呟(つぶや)いた。

「何が来たの？」

耳ざとい長男が反応した。

「お仕事の話。あなたたちはゲームやるんでしょ？」

食事を終えた子どもたちを、妻がリビングに追いやった。

「呼び出しはいつ？」

「裁判所に出廷するのは三週間後だけど、その一週間前には帰国して欲しいと言われた」

「皆で日本に帰る？」

「とりあえず先に、俺だけ帰るよ。尋問が終わってから戻ってきてくれた方が、気が楽だし」

マルメにいるおかげで、このゴタゴタに無頓着になっていられる。こちらの研究は順調だし、いずれ日本の小児医療の体制に何を提言すべきか、その道筋が見えてきた。

日本でも、せめて子どもの医療情報だけは、迅速にスマート化すべきではないか。そんな考えが、日々募っている。

喬太君の一件は、父親が母子手帳を忘れたことが、不幸の元凶だった。もし、市町村の保健センターが子どもの医療情報を集約化し、全国のどこからでも、住所と氏名だけを入力すれば、健康情報を入手できるようなシステムがあったら、彼の命は救えたかもしれない。

個人情報という壁はあるが、救急時に限定するなど利用制限を厳しく設ければ、一人一人の健康情報を共有することに、反対する国民は少ないのではないだろうか。そのために今、堀江は夢中になって事例を調査している。

「裁判には、丸本さんも呼ばれるの？」

「だと思うよ」

「せっかく奄美大島で頑張っているのに気の毒ね」

「大丈夫だろう。彼女はもう、ひ弱な研修医じゃないよ」

このところ、丸本からは週一回ぐらいのペースで、近況報告のメールが来る。島の診療所で忙しい日々を送りながら、医師として成長する様子が読み取れて、嬉しかった。

「じゃあ、健闘を祈るわ」

妻はそう言うと、食事の後片付けに取りかかった。

6

日向事務所との打合せで出かけようとした喬一を、中田が呼び止めた。

「大変だ。今、ＳＦ社が不渡りを出したらしい」

「まさか。先月、サンフランシスコで合弁会社設立の契約を交わした時、財務は盤石だとジャックは胸を張ってなかったか」

なんなら、喬一の会社に投資しようかとまで言っていた。

「だが、TWA証券の嶋中さんからの情報だから、信憑性は高いぞ」

合弁会社設立時に代理人を務めた担当者だ。喬一の顔から血の気が引いた。

「SF社は、何と言ってるんだ」

「連絡を取っているんだが、繋がらないんだ。ジャックの携帯にもかけているんだけど、電源を切ってるのか呼び出し音さえしない。俺は、現地に行こうと思う」

「ありがとう、頼む。僕も裁判が終わったら、ただちに向かうよ。……いや、やっぱり一緒に行くよ」

「何を言ってるんだ。裁判の準備があるだろう」

「本番は一週間も先だ。二泊四日の弾丸で行くよ。大丈夫だよ」

喬一は、片切に電話を入れた。

電話で事情を説明したが、片切の反応は鈍かった。

〝ご事情は分かりました。ですが、今日本を離れられるのは、いかがなものでしょうか〟

「三日で帰ってきます。それに想定問答集は、しっかり頭に叩き込んでおきますから」

〝集中証拠調べが、この訴訟のクライマックスです。その成否が、そのまま訴訟の勝敗を決します〟

「そんなの分かっていますよ。でも、ウチの会社が生き残れるかどうかの瀬戸際なんです。だから、ご理解ください」

喬一は一方的に電話を切った。

「喬一は、やっぱり残ってろ。今は、裁判に集中した方がいい」

「この一年、ずっとおまえに任せっぱなしだったんだ。こんな時くらい、僕も社長としての責任を果たしたい。大丈夫だよ。裁判の準備といっても、実際は弁護士がほとんどやってくれるんだ」

喬一はＳＦ社関連の資料をかき集め、集中証拠調べの準備のための分厚いファイルと一緒にバッグに押し込んだ。

秘書が早速、深夜に羽田から飛ぶ便を予約してくれた。ならば、一度自宅に帰って衣類などを詰め込んでこよう。

三〇分ほどで諸々の準備と調整を終え、オフィスを出ようとしたところで、結子が駆け込んできた。片切から話を聞いて飛んできたのだろう。

彼女は険しい顔つきをしている。

「結ちゃん、ゴメン。迷惑はかけないから」

だが、彼女はそれに答えず、「一緒に来て」と言って専務室に入った。

「中田さん、喬一まで、アメリカに行く必要があるの？」

「あっ、結ちゃん！　いや、ひとまず僕だけで行ってくると言ってるんだけどね」

「じゃあ、そうしてください。喬一は、裁判に専念して欲しいので」

「ちょっと待ってくれ。結ちゃん、互いの仕事には嘴を容れないというのが、僕らのルールだろ？」

結子の険しい目に睨み付けられた。

「あなたのビジネスに介入しているわけじゃないでしょ。私たちの人生の優先順位の話をしているの」

「だからこそ、僕は行かなきゃいけないんだよ。会社を潰すわけにはいかない」

「中田さん、喬一が行かないと、会社は潰れるの？」

結子の剣幕に圧倒されて、中田が困惑している。

「どうかなあ。それは、行ってみないと分からない。でも、僕も結ちゃんの意見に賛成だ。まずは、僕一人で行ってくるよ」

「ありがとう。喬一、中田さんに託しましょう」

「結ちゃん、僕はここの社長なんだ。だから、このトラブルに対応するのが、僕の仕事だ」

その時、中田の携帯電話が鳴った。中田が、英語で電話に出た。みるみるうちに彼の表情が変わった。さらにまずいことが起きたのか。

中田が電話を切り上げて、言った。

「ジャックがＦＢＩに逮捕されたそうだ」

7

午後から始まったミーティングは、裁判対策というよりは、最後の事実確認と、集中証拠調べに臨む心得を雨守から聞くだけの簡単なものだった。

久しぶりに再会した丸本は、よく日に焼けて、見るからに健康そうだ。

「お二人とも、記憶が曖昧だったり、自信がない場合は、正直にそうおっしゃってくださって結構です。逆に、何カ月も前の出来事を、克明に記憶していることの方が、不自然ですから」

そのアドバイスで、堀江の気持ちは、さらに軽くなった。「覚えていません」「記憶が定かではありません」と答えても問題ないのであれば、無理をしなくていい。

「想定問答集を作成しましたので、目を通しておいてください」

これを覚えたら、集中証拠調べの前日に、簡単なリハーサルを行うという。

問答集は、一〇枚ほどあるが、文字量は多くない。

答えは短くシンプルに、という雨守の方針が反映されていた。

宿題を持って堀江と丸本が引き揚げようと腰を上げた時、スマートフォンを見ていた雨守が、「これで、裁判の雲行きが変わるかもなあ」と呟いた。

「どういう意味ですか」

「医療被害者支援基金法案の廃案が決まったという情報が入ってきました。日向律子先生が副委員長を務める政府諮問会議が強く成立を求め、今の臨時国会での成立を目論んでいたんですよ。そのためもあって、あちら方は賢中病院訴訟に前のめりだったんですけれどね。でも、廃案となると、それが変わるかもしれません。ただし、それは我が方にとっては、良い方向とだけ言っておきます」

# 第八章　決 着

## 1

　地裁に続く並木通りの銀杏(いちょう)の葉が色づき出した頃、法廷で尋問を受ける集中証拠調べが始まった。

　智子は何度も集中証拠調べを傍聴しているが、今日のそれは、日向律子と雨宮誠が初対決するだけに、我ながら珍しく興奮していた。

　通常、集中証拠調べは、一日で終了する。そのため、双方からの証人申請も絞り込まれた。まず、最初は証人尋問から始まり、続いて原告に対する本人尋問、最後が被告側の本人尋問と続く。

　驚いたのは、結子が原告席にいることだ。違法ではないが、当事者は傍聴席にいるものだ。彼女は、まるで日向事務所の一員のような顔をして座っていた。

　トップバッターの証人は、喬太の祖母、野々村香津世だった。

原告側は、かなり渋ったらしいが、争点の一つとして、「喬太君が肺炎球菌に感染した時期」を挙げている被告側が、重要な証人だと押し切った。

喬太は、亡くなった日の朝と昼に嘔吐している。そのため被告側は、「朝には既に肺炎球菌に感染していた可能性が高い」と主張している。

祖母の香津世は、喬太が嘔吐したと保育園から連絡があり、迎えに行っている。以降、父親の野々村喬一が帰宅するまで、喬太の子守りをしていた。

裁判長が姿を見せ、集中証拠調べが始まった。

証人の名が呼ばれると、小柄な女性が証言台に進んだ。白のブラウスに黒のスーツは、いずれも高級そうだ。

宣誓の後、雨守による尋問が始まった。

「喬太君は、お祖母ちゃん子だったそうですね」

想定問答集には、なさそうな質問だったが、香津世は落ち着いている。

「よく懐いてくれて、可愛い孫でした」

その後は言葉にならず、俯いてしまった。

「ご心中をお察しします。本日は、可能な限り短時間で終わらせたいと思いますので、ご協力ください。

野々村さんは、喬太君が体調を崩したと連絡があり、お迎えに行かれました。その時、保育園の保育士さんは、病院に連れて行ってくださいと言ったそうですが、それは間違いありませんよね」

「ええ。でも、あの子は、私を見つけると駆け寄ってきて抱きつきました。元気そのものでしたよ」

「だから、病院に連れて行かなかったんですか」

「裁判長、被告代理人は、勝手に結論づけています」

律子の声は、威嚇的だった。

「被告代理人、慌てず参りましょう」

裁判長は、争わず穏やかに審理を進めたいタイプか。

「失礼しました。もう一度、お尋ねします。喬太君を病院に連れて行かれましたか」

「いえ。まずは、自宅に連れ帰り、寝かせました。あの子は、あの保育園を好いていなかったので、保育園から出たら落ち着くかもしれないと思ったので」

「その後の様子はいかがでしたか」

「普段と変わらず、元気でしたよ。少し一緒に遊んで、水分をたっぷり摂らせて、お昼寝をさせました」

「体温は、何度でしたか」

「測っていません。小さい子は元気だったら、熱は気にしなくてよいと思っていましたから」

「確かにそうですねえ。私にも六歳の娘がいて、よく熱を出すんですが、そういう時でも元気に遊ぶんですよね。でも、家内は、体温を測ってましたよ」

「裁判長、ここは子育て経験を共有する場所ではないことを、被告代理人に教えてあげてください」

律子が痛烈に言い放った。

裁判長は笑いながら、「被告代理人、質問の意図が見えませんよ」と注意した。

「あれ？　そうですか。大丈夫だと思っても、念のために、熱は測るべきだったのではないかと思うのですが、野々村さんは、そう思われなかったのかを伺いたいんです」

「はい、思いませんでした」

「喬太君の異常に気づかれたのは、何時頃ですか」

「夜中に、お手洗いに立ったついでに寝室を覗きました。ぐったりしていたので、額に触れると、熱が高かったんです。ですから、その時です」

「書面には、午前四時頃とありますが」

「それぐらいだと思います」

「夕食では、問題なかったんですか」

「はい。いつもよりは食べる量が少なかったですが、もともと食の細い子ですから、特に気にしませんでした。一緒にお風呂に入り、寝る前には絵本を読んであげましたが、普通でした。すぐにすやすやと寝息を立てて寝ましたよ」

香津世は、堂々と淀みなく答えている。

原告席にいる結子の様子を窺った。心穏やかには聞いていられないはずなのに、表情ひとつ変えずに義母を見つめていた。

研究者だけに、ちょっと変わってるのかな。

その後、自宅での応急処置について簡単に質問があり、雨守は、救急車を呼ばなかった理由を尋ねた。

「子どもの高熱ぐらいで、救急車を呼ぶのは、近所迷惑かと思いました。それに、賢中病院なら、それほど遠くないので、自家用車でも、時間的には変わらないと思いました」

雨守は、そこで尋問を終えた。

本人は、まったく分かっていないだろうが、香津世の証言は、喬太君が早い時刻に、感染していた可能性を高めた気がする。保育園から、病院に行くように言われたのに、無視しただけではなく、結局、明け方まで、体温を測らずにいた。さらには、確信犯として救急車を呼んでいない。

律子が、反対尋問に立った。

「治療に当たった丸本先生の印象を教えてください」

「お若い方で、経験が少ない先生なのかなと、思いました。喬太の様子を見て、戸惑っていらっしゃるようでしたし」

「戸惑っているとは、具体的には、どういう意味ですか」

「父親である息子が、どうですかと尋ねても答えていただけませんでしたので、不安でした」

2

続いて、賢中病院のED担当看護師・衛藤敏江が証人として出廷した。

がっしりした体格の看護師には、頼りがいのあるプロフェッショナルという印象を、智子は感じた。

尋問には、律子が立った。

「丸本先生とは、あの日以外にも組まれたことがありますか」

「夜間の急患対応で何度かあります」

「どんな印象をお持ちですか」

「優秀な先生だと思います」

「優秀……、ですか。衛藤さんが先生に気を遣うのは分かりますが、私たちが調べた限り、丸本先生には、色々問題が多いようですが」

「日向先生！　それ、書面でも提出されてましたが、証言者の実名が一切なかったから、裁判長が却下したでしょ。そんな不確かな噂レベルの情報を、ここで持ち出さないでくださいよ、ねえ、裁判長」

雨守が強く抗議した。

「原告代理人は、ルールを守って、必要最小限の質問をしてください」

「失礼しました。衛藤さん、よろしければ、具体的に丸本先生がどのように優秀かを教えてください」

「丸本先生は、まず、患者さんの容態をよく観察されます。私のように急患対応が長いと、ついスピードばかりを優先しがちなんですが、先生は冷静に診察されるので、いつも感心しています。そのおかげで、見落としがちな症状も発見できて、間一髪で大事に至らなかった患者さんも少なくありません」

「具体的な例を挙げられますか」

「自宅の階段から落ちて、肩を脱臼した子どもの治療をしている時に、先生は母親に処置室から出るように言いました。そして、子どもが着ていたトレーナーとTシャツを脱がせたんです。

全身に痣がありました。ほとんどは打撲傷ですけど、古いものもあって。明らかに虐待による傷でした」

「全身なら、大抵の医療従事者が気づくのでは？」

「一見したところ、痣はなかったんです。それに、その子は、運ばれて来た時に、『痛い！痛い！』って泣いていましたし、暴れて大変でした。丸本先生は、それを宥めながら、脱臼したところだけではなく、全身をチェックして、その異常に気づかれたんです。

あとで聞いたら、体に触れると、さらに痛がったので不審に思ったのと、子どもの泣き方に痛み由来のものとは違う何かを感じたんだそうです」

律子が、原告席から証言台に近づいてきた。

「話を、喬太君に戻します。付き添ったお祖母様は、丸本先生が、喬太君を前にして、対処を迷っているように見えた、とおっしゃっていましたが？」

「それは、誤解だと思います。あの時の先生の手際に無駄はありませんでした。ＣＴがすぐに使えない不運はありましたけれど、迷ったのではありません」

「ですが、あなたは堀江先生にヘルプの連絡をしていますね」

「喬太君の容態が良くなかったので、これは、小児科医長の堀江先生にも、お知らせした方が良いと思いました」

「丸本先生の手には負えないと思ったからでは？」

「いえ、極めて危険な状態だったので、堀江先生にも報告すべきだと判断しました」

暫く、律子は衛藤を見つめていたが、やがて引き下がった。

3

いよいよ本人尋問が始まった。トップバッターは原告である喬一だ。

喬一は昨夜遅くにサンフランシスコから帰国していた。そして今朝は夜明け前に起きて、裁判所に近いホテルで、リハーサルを繰り返していた。

二泊四日のサンフランシスコ出張は、体力的なダメージは少ないだろうし、充分に裁判の準備もできると考えていた。ところが、喬一まで現地でＦＢＩの取り調べを受けるハメになって、事情はすっかり変わってしまった。

FBIは、SF社と合弁会社を設立した喬一らも共犯ではないかと疑っていたのだ。

地元で弁護士を雇い、徹頭徹尾SF社の不正には関与していないと訴えたのだが、合弁会社の資金にも、不正に集めた金が流れ込んでいたため、喬一サイドの主張はなかなか認められなかった。

裁判までに日本に戻れないのではないかと焦り出した日、突然、取り調べが終了した。SF社の監査役が、喬一らは被害者だったと証言してくれたらしく、それでようやく解放されたのだ。

後処理は全て中田に託し、喬一は帰国した。

精神的に相当に追いつめられ、体も疲労困憊していた。それでも帰国便の機内で、想定問答集を必死に読み込んだ。

喬一の尋問に立ったのは、雨守だった。

「野々村さん、昨夜遅くにアメリカから戻られたそうですね。お疲れかと思うのですが、大丈夫ですか」

そんな情報が、相手に漏れていることに焦った。

「よくご存じですね。忙しかったんですが、今日は、もう元気潑剌です」

「よかった。では、早速始めましょうか。僕の娘は、生まれつき心臓に疾患がありましてね。でも、大変素晴らしい心臓外科医の先生にお世話になって、今は元気に幼稚園に通っています」

「裁判長、被告代理人は、世間話をしています」

律子が、冷笑しながら指摘した。

「代理人、本題に入ってください」

「失礼しました。僕は、前置きが長いんですよ。それに、既に本題に入っています。大切な娘を救ってくれた心臓外科医の先生が、医療過誤だと言いがかりをつけられ、追い詰められて亡くなりました。救急で救えなかったからといって医者が悪いというのは偏見だと思うんです。喬太君が亡くなったのは、本当に丸本先生や堀江先生のミスが原因なんでしょうか」

こんな質問は、想定外だった。

「それこそが偏見でしょ。裁判長、被告代理人の暴走を止めてください」

律子の異議で裁判長が雨守をたしなめたが、彼の発言で、喬一の神経は相当にささくれだってしまった。

雨守は、まず、喬一の日頃の子育てへの関与について尋ねた。

喬一は、仕事にかまけて、あまり良い父親ではなく、子育ての大半は妻に任せっきりだったと素直に認めた。

「ただし手伝えることは、何でもやりました」

「たとえば、どんなことですか」

「寝る前に絵本を読んで聞かせたり、休みの日に、一緒にボール遊びなどをしました」

雨守は、次に問題となった日の朝からの喬一の行動について尋ねた。

何とか集中して、リハーサル通りに答えた。包み隠さず話した。朝、喬太が吐いたこと。急いで、保育園で体温を記入し忘れたこと等々……。

「丁寧なご説明ありがとうございます。僕も、娘を幼稚園へ送りに行くんですが、出発前の検温って、ルーティンになっているんですけど、野々村家は違うんですね」

「被告代理人、あなたの子育て自慢は、もう充分伺いました。裁判長、彼に真面目に質問するようにおっしゃってください」

日向弁護士は、かなりいらいらしてるな。

「私も、もう充分だと思います。質問は、聞きたいことを端的に、ストレートに聞いてください。次は、しかるべき処分を考えますよ」

「肝に銘じます。それで、野々村さん、保育園の申し送り表に記入を忘れたとおっしゃいましたが、朝、ご自宅で検温はされたんですか」

「えっと、忘れました」

「なるほど。ところで、喬太君が朝にも嘔吐したそうですが、原因は分かりますか」

「あの日は、寝坊してしまいまして、二人とも大慌てで準備をして出かけました。喬太は、急いで食べさせると吐くことがあるので、それが原因かと」

「朝の喬太君の嘔吐は、よくあることだという理解だったんですね」

「そうです」

「その日のご帰宅は、何時でしたっけ？」

「はっきりと覚えていませんが、午前三時頃でした」

「僕は帰宅すると、必ず娘の寝顔を見るんですが、野々村さんは、いかがですか」

「ええ。私も大抵は」

「あの晩は、いかがでしたか」

「もちろん見ました。ぐっすり眠っていましたよ」

「その時、息子さんの体に触れましたか」

「異議あり、質問の意図が不明です」

「何を言ってんだ、日向先生！　帰宅時の喬太君の体温と体調を尋ねてるんです」

裁判長は、異議を却下した。

「えっと、体には触れていないと思います。かなり、酔っていたので」

「そうでしたね。会社の危機を救ってくれるという救世主と痛飲された。だから、そのままソファで眠ってしまわれたんでしたよね」

「酔っていましたけど、体調ぐらいは確かめましたよ。あの時の喬太の寝息は、健やかでした」

「健やかとは、どういう意味ですか」

「つまり、ぜいぜいという荒い息ではなかったですし、うなされてもいませんでした」

「でも、それから約一時間後には、お母様に起こされたんですよね。喬太君の様子がおかしいと」

「はい」

「一時間前には、健やかだったのに、急変したんですね」

「雨守先生！　野々村さんに酷いことを言ってるのが分からないの」

雨守は、「失礼」と返し、質問を変えた。

「先ほど、普段の子育てについて、伺いました。宴会がなければ、あの夜も、絵本を読んで、一緒にお休みになったかもしれませんね」

「裁判長、被告代理人は、先ほどから、証人に仮定の話ばかりしています。改めるようにお願いしても、まったくその気がないとしか思えません」

「被告代理人、私も同感です。証人に対する質問に配慮してください」

「申し訳ありません。では、話を少し戻します。お母様から、喬太君の様子がおかしいと聞かれたそうですが、なぜ、お母様は、異変に気づいたのでしょうか。様子がおかしいと分かって、どのような対処をされたか教えてください」

それも、想定問答で徹底的にリハーサルした文言を述べた。

「高熱が出て、痙攣もしている。すぐに救急車を呼ばなかったのは、なぜですか」

「母が、この程度の熱なら、大丈夫だからと言ったので。でも、すぐに救急車を呼ぶべきでした」

「結果的には、お母様の自家用車で、病院に行かれましたね」

「その方が早いと思ったんです」

「救急車よりですか……」

雨守が、大袈裟に驚いている。

「はい。夜明け前でしたし、道路も空いてるだろうと思いました」

「病院へは、母子手帳を持参されませんでしたね」

「お恥ずかしい話ですが、母子手帳が、そんな重要なものだとは知りませんでした」

雨守が黙って、喬一を見つめていた。

その沈黙は、辛かった。だが、耐えるしかなかった。

「母子手帳がないために、医師が、予防接種は済んでいるかと尋ねたと思います。あなたは、『済んでいる』とお答えになっていますね。でも、実際は、細菌性髄膜炎の予防接種が二回だけでした」

「妻が、何度も仕事を休んで、予防接種に連れて行っていましたから、全て済んでいると思い込んでいました」

不意に足の力が抜けて、証言台を摑んで頽れそうになるのを耐えた。貧血だろうか。

「お疲れに見えますが、体調は、大丈夫ですか」

「なんとか。ありがとうございます」

「私の妻は、長時間外出する時は、不在の間の娘の世話について、メモを残していきます。半日留守にするだけでもそうですが、旅行となると、それはもう微に入り細にわたり指示していきます。きっと野々村さんの奥様もそうだったと思うんですが」

「その通りです」

「じゃあ、シンガポールの学会に行かれた時も、メモを残されたんですね」

残していた。だが、まともに読んでいなかった。

「おっしゃる通りです」

「きっと奥様は、様々な状況を想定したメモを書いたんだろうと思います。もちろん、急病の時の対処法もあったでしょう」

「その点については、何も書かれていませんでした」

律子の指示通りの答えだ。また、雨守が黙って喬一を見つめた。

胃がしくしく痛んで、冷や汗が出た。

「病院に到着した時には、喬太君はかなり重篤で、救命は難しかったと二人の医師は、証言しています。

お父さんとしては、もっと早く、喬太君の異変に気づくべきだったと思われたことはありませんか」

「なんて、酷いことを！　被告の医師の証言を是とする質問をするなんて、子を失った原告に対して、あまりにも配慮を欠きすぎています」

「専門家である二人の医師の意見は、重要だと思いますよ。私も、お聞きしたい。野々村さん、もっと早く連れて行くべきだったと思われたことはありませんか」

信じられなかった。裁判長は、公平な立場じゃないのか！

だ。
喬一は、救いを求めるように律子を見た。だが、彼女にも反論の言葉が見つからないよう

「すみません、私には分かりません。でも、きっとお二人が救ってくれると信じていました」

雨守は、そこで引き下がった。

反対尋問のために、律子が証言台に近づいてきた。

「喬太君を賢中病院に運び込んだ時、病院側は、すぐに対応してくれましたか」

「深夜で疲れているのか、無気力な感じでした」

「裁判長、無気力という表現は、いかがなもんでしょうか」

雨守の異議を受けて、裁判長が言った。

「野々村さん、それは何かと比較されておっしゃっていますか」

「一刻も早く熱を下げて欲しいのに、急ぐ様子を見せず、喬太の体をあちこち触っていたので、そう感じました」

「丸本先生の応対はどうでしたか」

「私が、母子手帳を忘れたと言うと、途方に暮れているように見えました」

「治療の手が止まってしまったという意味ですか」

「そうです」

間違いなく雨守が攻撃してくると身構えた。だが、彼は沈黙していた。

4

証言台から降りて、傍聴席に戻るまでが辛かった。耳鳴りはするし、頭がぼうっとしている。

次の証人は結子だ。彼女は堂々と証言台に立っていた。

「喬太君が亡くなられた時には、シンガポールにいらしたあなたが、確信的に賢中病院に過誤があったと断言されています。一体、何の根拠があって、そのようにお考えなのですか」

「確かに私は、あの時、現場におりませんでした。でも、夫や義理の母の話を聞き、その後の賢中病院の説明を聞いているうちに、最初から堀江先生が、喬太を診てくださっていたら、助かったのではないかと思うようになりました。なぜなら、丸本先生の評判や、賢中病院の記録改竄の噂を知っているからです」

「賢中病院の小児科で、診察を受けたこと自体が間違いだったと」

「そういうわけではありません。これまでにも何度か、休日診療を利用しています。丸本先生、堀江先生のいずれからも診察を受けたことがあります」

「その時の印象で、丸本先生に不安を感じられたということですか」

「はい。言葉では言い表しにくいのですが、母親の勘として、この先生は、救急時にはパニックになるな、と思いました」

驚いた。こんな根拠なき誹謗（ひぼう）が許されるのか。

この一週間、結子は念入りに日向事務所の弁護士とリハーサルをしたと聞いた。ならば、これは日向先生も承認しているということか。

「勘ですか――それは証拠としては難しいですねえ、裁判長」

裁判長は無視した。

「ご主人にも伺いましたが、シンガポール出張中の対応について、メモを残されましたか」

「はい」

「喬太君の育児については、事細かく書いたんですよね」

「そのつもりです」

「じゃあ、急病の時には、母子手帳を忘れずに！　って書いたに違いない？」

「異議あり！」

裁判長が応じる前に、結子が答えていた。

「はっきりと覚えていません」

喬一は驚愕した。これまでは喬一の証言と辻褄を合わせて、書いてないと言ってくれていたのに。

「えっと、覚えていないというのは、そんな大事なことを書き忘れるわけはないけど、しっかりと書いた記憶がないという意味ですか」

「出発ギリギリまで、大変忙しかったものですから。記憶が定かではないんです」

「つまり、書いたかもしれない？」

「異議あり！」

「原告代理人、ここは、重要な点ですから問題ありません。証人、いかがですか。書いたかもしれないのでしょうか」

裁判長が答えを促した。

結子が暫く黙り込んでいる。背後からは、彼女の表情は分からない。

「申し訳ありません。やはり、はっきり覚えていません」

「では、細菌性髄膜炎の予防接種を、まだ二度しか受けていないことを、ご主人に伝えましたか」

「急用で接種できなかった時に、伝えています。それを彼がちゃんと理解したのかは、分かりません」

何だって！

「そうですか……。最後に、もう一度伺いたいのですが、今のお話を聞いていると、喬太君が亡くなった原因は、ご主人が母子手帳を忘れ、さらに、細菌性髄膜炎の予防注射を二度しか打っていないと、病院側に伝えなかったことだと思うのですが、それでも、病院側に過誤があったと思われますか」

「はい」

雨守がわざとらしく、うなり声を上げた。

「結子さん、あなたは、ご高名な科学者でいらっしゃる。なのに、今のお話を伺っていると、論理が破綻していますよ。丸本先生の医療ミスだと断言なさる根拠を述べてください」

「裁判長、被告代理人は原告に意見を求めています」

「いや、そうではなく、原告の発言の根拠を聞いています。だから、原告は質問に答えてください」

この裁判長は、被告側に肩入れしている。こんなの、おかしい！

結子は毅然として答えた。

「証人尋問で、看護師さんは、喬太が重篤だと思ったから、堀江先生をお呼びになられたとおっしゃいました。にもかかわらず、CT撮影を交通事故の怪我人に譲り、二〇分間も未熟な丸本先生に任せたことに、問題があると思います。

丸本先生が、外科の先生と、CT撮影の優先順位について闘った様子もありません。それは、最初から救う意志がなかったのではないでしょうか。トリアージの原則より、一刻を争う患者を何が何でも救うという気概が、丸本先生にはありませんでした。気概がないのであれば、即刻、堀江先生を呼ぶべきでした。

それらを考えると、病院と二人の先生が、喬太を殺したんだと思います」

## 5

丸本への本人尋問が始まった。丸本を見守るうちに、傍聴席にいる堀江も緊張した。尋問に立ったのは、日向弁護士だ。

純白のスーツを身に纏(まと)った日向弁護士からは自信が漲(みなぎ)っている。

尤も、雨守も自信満々だった。

野々村喬太の来院時刻について尋ねられると、丸本はリハーサル通りに「午前四時五二分です」と返した。

「初見の印象を教えてください」

「高熱と全身の汗、さらには体を折り曲げて横たわる姿勢などから、重篤な状態にあると思いました。にもかかわらず、お父様が母子手帳をご持参されていなかったため、病気の特定が困難でした」

「実際に処置なさったことを教えてください」

丸本は、限られた時間で診断を迫られたが、複数の疾病に当てはまる症状だったために適切な治療を決めかねたと正直に答えた。

——完璧な証言なんてありません。動揺したり詰まったりしてもいいから、正直に答えるべし。

昨日、想定問答のリハーサルを行った時の雨守の締めのアドバイス通りにうまくやっている。

「堀江先生を呼んでほしいと言ったのは、あなたご自身ですか」

「もう一刻を争う状態だったので、はっきり覚えていませんが、おそらくは当直の看護師さんが、堀江先生を呼びましょうかと言ったので、お願い、と答えた気がします」

「気がします、ですか」

律子が皮肉るように言った。

「すみません。あの時のことは、夢中だったので、正確には覚えていません」

「あなたお一人では、治せないと？」

「喬太君の容態がさらに悪くなったので、衛藤さんが判断したのだと思います」

「では、堀江先生が、サポートに入られた時刻は？」

丸本自身は記憶しておらず、病院の記録である「午前五時一二分」頃だったかもしれないと返した。

続いて、丸本が賢中病院で犯したと考えられているミスについて質問されたが、それについても、彼女は冷静に答えた。

「喬太ちゃんが、運ばれた時にも、ミスをされていますね」

「日向先生！　そのような根拠なき決めつけは恥ずかしいですよ、ねぇ裁判長」

裁判長が認めた。

「高熱で意識混濁の時はCT検査が必要なのに、それを怠りませんでしたか」

「それは、既に書面で、回答しています。裁判長だって、争点から外しておられる。困るなあ、それを蒸し返すなんて」

「もちろん、病院側の主張は承知していますし、異論はありませんよ。でも、改めてこの場で、丸本先生ご自身から、伺いたいんです」

律子と雨守が嫌みを応酬する間も、丸本は冷静だった。

「あの時、ほぼ同時に、交通事故で多発外傷の患者さんが運び込まれてきました。当直長のご判断で、まず、そちらのCT撮影をされるということでしたので、待つしかありませんでした。でも、それによって、処置時間をロスしたわけではありません。切迫した状態だったので、救命のための処置を行い、その後CT撮影を行う予定でしたが、その最中に、喬太君が心肺停止してしまったので……」

既に争点から外されているから、尋問されないだろうと瀧田は指摘したが、雨守は「万一のためですから」と、丸本に模範解答を伝えた。

それが、生きた。

原告側代理人は、ゆっくりとした歩調で、証言台に近づいた。

「あなたではなく、堀江先生が当直だったら、喬太君を救えたと思いませんか」

「異議あり！　原告代理人は、推測を強要しています！」

雨守がすかさず叫んだ。だが、裁判長は、異議を却下した。

「その点については、ずっと考えています。でも何度考えても、答えは同じです。救急で運ばれてきた時の喬太君の状態では、堀江先生……いえ、どんな先生でも無理だったと、思います」

律子は深追いはせず、尋問を終えた。

続いて、被告側代理人として瀧田が、丸本に尋ねた。

「もし、喬太君のお父さんが、母子手帳を持参するか、予防接種の有無を伝えていたら、対応は変わっていましたか？」

「はい。ただちに肺炎球菌髄膜炎の治療を行ったと思います」

6

丸本に続いて堀江が証言台に立った。今度の尋問者も律子だ。

「サポートに入られた時の、喬太君の容態について教えてください」

「かなり厳しい状況でした」

「厳しいとは、どういう意味ですか」

「処置をしても、救うのが難しいという意味です」

「先生はどなたの要請で、サポートに入られましたか」

「救命センターの衛藤看護師です」

「要請された時刻は、ご記憶ですか」

「いえ、仮眠中に呼ばれたので、時刻は覚えていません」

「最初から堀江先生が診察なさってたら、救えたと思われませんか」

「いえ、難しかったと思います」

「丸本医師について、伺います。丸本先生は喬太君の状態を診て迷っておられたと聞いてますが」

「それは誤解です。丸本はじっくりと患者さんの容態を診て、適切な処置を選択します。また喬太君が運び込まれる数日前にも同じ容態の急患がありましたが、一人で的確な処置をして、患者さんを救いました」

律子が呆然としている。

彼女は、その事実を知らなかったのだ。トラブルばかりを探し、無事に治療した症例を調べていなかったのだろう。

「日によって診療にムラのある方なのでは?」

「高熱が出て意識混濁で運ばれてくる患者を、一目で診断はできません。皆、症状が似ているからです。母子手帳を見て、母親に症状を聞き、丸本が冷静に判断して処置したから、救えたのだと思います」

続いて被告側代理人として、雨守が立った。

「堀江先生は、丸本先生のサポートに入られた時、喬太君は既に厳しい状況にあったと証言されました。なぜ、そう思われたんですか」

「喬太君が、その日の朝と昼に嘔吐していたと聞いたからです。ならば、喬太君は朝には既に肺炎球菌に感染していた可能性が考えられました」

「つまり、病院到着時には、手遅れだったと？」

「異議あり。証人は、運び込まれた時の喬太君の状況を見ておりません！」

律子が叫んだ。

「堀江先生の発言を裏付ける証言と専門家の意見書は既に提出しております」

裁判長が律子の異議を退け、雨守は尋問を再開した。

「喬太君が、賢中病院に運び込まれた時刻は、午前四時五二分。そして、堀江先生は、二〇分後の午前五時一二分にサポートに入られた。先生は、その時初めて喬太君の症状を実際にご覧になった。運び込まれた時点の容態は、予想できるものなのでしょうか」

「概(おおむ)ねは。それ以上に、私がサポートに入った時点で、二〇分程度の時間差ではなく、せめて病院にあと一時間早く到着していたら、対処の方法があったのに、と思いました」

「裁判長、丸本先生が無事に処置したEDでの肺炎球菌髄膜炎患者について、衛藤看護師を、もう一度尋問させてください。彼女は、その時の処置も担当しました」

「ちょっと、待って！　そんな隠し球は、卑怯でしょ。これは、堀江先生の証言を効果的に見せるための演出です！　到底、認められません！」

日向弁護士の激しい怒りを見て、堀江はあの証言はよほど重大なのだと理解した。

「双方前に」

裁判長が、二人の代理人を呼びつけた。

やがて、二人は席に戻り、裁判長は「尋問を認めます」と宣言した。

この流れは雨守から説明されていた。彼曰く「邪道だけど、裁判長としては、確かめておきたいだろうから、乗ってくると思います。それに却下されたとしても、こちらにダメージはありません」と。

傍聴席にいた衛藤が、再び証言台に立った。

「衛藤さん、先ほどの堀江先生の証言で言及された処置について教えてください」

「午前零時過ぎに、高熱で嘔吐、痙攣を起こした三歳の女児が、救急搬送されてきました。その時の処置も、私と丸本先生で行いました。付き添いのお母様は、母子手帳を提示されて、ヒブ、つまり細菌性髄膜炎の予防接種が、まだ一回残っていると申告されました」

裁判長は、興味深げに聞いている。

「患者は既に意識がなく、丸本先生が呼びかけても、反応はありませんでした。すぐに血液検査、CT撮影、髄液検査を行って、肺炎球菌による髄膜炎の可能性が高いと分かりました。この時の丸本先生は、初めて髄膜炎の処置をなさったので、かなり緊張しているのは、傍目からも分かりました。それでも、的確に処置なさって、患者は回復、翌日には退院しました」

「緊張というのは、パニック状態になったということですか」

雨守の問いに衛藤は首を振った。

「そういうわけではなく、とても慎重だったという意味です。でも、手が止まることはなく、指示も処置も的確でした」

「その時の経験は、喬太君の処置に影響したと思いますか」

「異議あり！　被告代理人は、証人に推定を述べさせようとしています」

「ベテラン看護師としての意見は、聞きたいでしょう。却下します。衛藤さん、答えてください」

「喬太君の時は、むしろ格段に落ち着いていました」

雨守が下がると、日向弁護士が反対尋問を行った。

「喬太君の時に、落ち着いていたとおっしゃいましたが、何か科学的な根拠がありますか」

「いえ。私の経験から見ての比較です」

「では、どうして、あなたは、堀江先生を呼んだんですか」

「喬太君の容態は、女児とは比べものにならないぐらい、重篤だったからです」

7

法廷を出たところで、喬一は妻を呼び止めた。

「話をしたいんだけど」

「うん」

日向の滞在先で反省会が予定されていたのだが、その前に、二人で話しておきたかった。

一緒にタクシーで移動しようとしたのだが、なぜか結子は、用があると言って、律子の車に乗り込んでしまった。

喬一は、仕方なく片切に誘われるままに、彼と一緒にタクシーに乗った。

「よく、踏ん張ってくださいました」

車内で、片切に褒められても、喬一は真に受けなかった。客観的に見たら、どう見ても、敗色濃厚だ。だが、片切が悪いわけではない。

「家内のメモの件だけど。母子手帳について、書いたかどうか覚えていないって証言、想定問答にあったっけ？」

「私も驚きました。どうやら、今朝になって日向と結子さんの間で、急遽変更したらしいんです」

「あれじゃあ、書き置きのメモがあったと裁判長は取ったのでは？」

「何とも言えませんね」

頼りないな。

「これで、あとは双方の最終弁論だけです。お疲れさまでした」

ホテルに到着すると、二人で話すなら客室を使うといいと言って、律子がルームキーを渡してくれた。

二人でエレベーターに乗り込んだが、部屋に入るまで互いに言葉をかわさなかった。

喬一は上着を脱ぐと、冷蔵庫から缶ビールを取り出した。そして、結子に一缶渡そうとしたが、彼女は首を振って、水筒を取りだした。

喉を鳴らして半分ほどをがぶ飲みする。生き返った気分だ。

「これに、サインをして欲しいの」

結子が薄い用紙を一枚、テーブルに置いた。

彼女の署名捺印が済んでいる離婚届だった。

「どういうこと？」

「……裁判なんてまやかしでしょ。調べれば調べるほど、やっぱり喬太を死に追いやったのは、あなたと……お義母様じゃない」

「結ちゃん！　なにを言うんだ！」

じっと水筒の蓋を見つめていた結子が、こちらを向いた。

「喬太が急病の時には、くれぐれも母子手帳を忘れずにって書いたメモを、あなたは読んでいなかったでしょ」

返す言葉がなかった。その通りだ。僕は結子が丁寧に書いたメモをまともに読んでいなかった。

「賢中病院だって、色々隠していると思う。でも、あなた父親でしょ。父親なのに息子を守れなかった。喬太は病院に殺されたんじゃない。家族に殺されたのよ」

急激に体が冷えていく気がした。

「酷いこと言うね。それなら君だって同罪だろ。息子よりも研究を優先してきたじゃないか」

結子が我慢ならないというように、テーブルを叩いた。

「違う！　私は喬太が一番だった。喬太と研究の間でずっと悩んでいた。夫婦二人で協力して子育てできるなら、自分の夢を追ってもいいかなと思ったのよ。もちろん、いつでも夢を捨てる覚悟はあった。でも、あなたにとって、喬太は常に仕事の次だった。留守番の時ぐらい、泥酔するの控えられなかったの？」

「あれは、特別な事情があって……」

「そうよね。会社が潰れそうだったもの。あなたが喬太より会社を優先したのは、事実よ。それだって、あなたが、ちゃんと私のメモを最後まで読んでいたら、最悪の事態は避けられた。その上、大事な集中証拠調べの直前に、あなたは、また、会社を優先した」

体が震えた。抑えようとしても止まらない。

「勝手なことばかり言うな。だったら、どうしたら良かったんだ！」

「私たち、多分、もう永遠に分かり合えないと思う。本当の裁きを受けるのは病院じゃなくて、私とあなたよ。息子よりも自分のことにうつつを抜かした私たちは、お互いが世界で一番憎い相手になった」

結子が立ち上がった。

「とにかく、サイン、よろしくお願いします」

そう言って、部屋を出て行った。

8

集中証拠調べを終えてホテルに戻ってきた雨守に、駒場が声をかけてきた。

「どうやら、所長の懸念は的中したかもしれません」

「何だっけ？」

「我らが依頼人の身体検査です」

思い出した。

依頼主の賢中病院は、かつて雨守が医療過誤訴訟で、遺族側の代理人として対峙した相手である。もちろん雨守が圧倒的な勝利と損害賠償金を獲得した。その教訓を生かして、雨守に代理人を依頼した、と説明を受けた。

雨守に接触した副理事長の手島賢一郎は、父親の理事長とは正反対の温情家で、育ちの良い紳士に見えた。

だが、雨守の勘は、警戒警報を鳴らした。

理事長は現在も意気軒昂（けんこう）で、彼が後ろ盾になっている知事や県政に、あれこれ注文をつけている。

もしかすると以前の訴訟の時よりも、強権的かもしれない。そんな父を抑え込んで、訴訟に一切関与させない清廉潔白な病院経営者など、出来すぎで嘘臭い。

　これまでのところ、彼は雨守に誠意を尽くしている。また、事故の当事者となった二人の医師に対しても、親身になってサポートしているし、遺族である野々村家に対しても、懇切丁寧な対応を崩していない。しかし、実は何か別の邪な画策があるのではないだろうかと訝った。

　それで、駒場に極秘で調査を依頼していた。

「病院を売却する計画があるようです」

　病院経営は、全国的に苛烈を極めている。公立病院が多数閉院しているし、医療法人が経営する病院も経営難に陥っているところが少なくない。病院の倒産や買収は、既に日常茶飯事になっている。

「そんなに経営に窮しているのか」

「病院経営自体は健全ですから、資金難というよりは高い売却益を見込んでのことのようです。それよりも政治遊びが過ぎる理事長が借金まみれのようです。そこで、御曹司が決断を下した」

「借金の額は？」

「一〇億円はくだらないとか」

「病院を手放すほどじゃないだろう」

賢中病院の価値は、五〇億円は超えるだろう。経営が健全なのであれば、融資だって受けられるはずだ。

「そこは、引き続き調べます。いずれにしても、彼らが病院を売ろうとした矢先に、医療過誤訴訟が持ち上がった」

「バッドタイミングだな。それにしては、事故後の対応が驚くほど模範的だったじゃないか」

「病院の売却価格を上げるために、運営もクリーンでガラス張りであると強調したかったんでしょうな」

病院は、設備や医者のクオリティに加え、評判も大きな評価基準となる。事故を隠蔽する体質だとか、地元民から不信感を持たれていると、売却価格が下がってしまう。

喬太君の一件の後、すぐ病院が堀江と丸本に有給休暇を与えたのも、院の評価を気にしたからかもしれない。あの休暇を彼らは随分と不思議がっていた。

「ただし、買い手は提示額を一気に下げました。そこで、医療過誤裁判での勝利による挽回を狙ったのかもしれません」

「賢一郎は一体何者なんだ」

「前職は、外資系コンサルティング会社の社員でした。スイスに本社のある医療系専門のコンサルのようです。病院統廃合のマッチングなどが主業務だったとか」

買収後は経営をプロに委ね、数院を包括する巨大医療法人を設立するというスキームを開発しており、業界ではちょっとした有名人らしい。

「欧州だけではなく、日本を含むアジアやオーストラリアで成功を収めたそうです。今回は賢一郎氏が前職時代に手がけた日本最大の医療法人に売却を提案していたとか。病院の価値挽回には、絶対に勝利が必要です。渦中にいる堀江、丸本両医師に対してサポートを惜しまない理由も、医療従事者に優しい病院という評判が欲しいためでしょう」

不愉快ではあった。だが、理由はどうあれ、巻き込まれた二人の医師は厚遇されているのだから、良しと考えるべきか。

そこで瀧田から連絡が入った。

〝今、日向事務所の片切先生からお電話があって、急ぎご相談がしたいと〟

「何のご相談？」

〝和解勧告だそうです〟

## 9

日向法律事務所がある、オランダヒルズの最寄り駅の階段で、雨守は片切を待ち伏せしていた。

「ちょっと付き合え」

「雨守さん、何ですか。こんな場所で」

抗議する片切の腕を摑むと、近くの路上に待たせていたアルファードに引きずり込もうとした。

「自宅は今も、代々木上原か」

「そうですが。雨守さん、これはマズいですよ」

「別に違法行為じゃないよ。事務所の元先輩が後輩を自宅まで送るだけだ」

片切は渋々、車に乗ってきた。

「何のご用です？」

「あんなに派手なパフォーマンスをしたくせに和解って何だ」

「ご本人に聞いてください」

「あいつは、この案件に勝つつもりだったんだろ」

「それは違います。所長は、最初から負けるつもりでした」

「バカを通り越して、気でも狂れたのか」

「敏腕弁護士・日向律子をしても、医療事故の被害者は報われない。だから引退して政界に打って出るという筋書きだったんです」

「誰が書いたんだ？」

「副代表です」

律子の夫、森本倫雄のことだ。

森本は、弁護士法人日向則雄法律事務所の共同パートナーだった。

法務より金儲けが上手で、妻のメディア露出などでもマネージメント能力を遺憾なく発揮していた。

尤も娘婿のように日向家に迎えられたせいで、事務所内では、陰で「マスオ」と呼ばれていた。

「つまり、政界進出はマスオの企みだったってことか」

「政界入りに前のめりなのは、所長です。その道筋を森本先生がつけたんです」

「あれはスポンサーに恭順の意を示すためだよ。支援を受けるためには、弁護士としての輝かしい栄光に泥を塗るだけの覚悟をしている証しを見せろと迫られたんだ」

片切はこれ見よがしにため息をついて、車窓を見遣った。

「先の日弁連の会長選挙を覚えているか」

森本は昨年行われた日本弁護士連合会の会長選挙に立候補して、惜敗した。選ばれたのは、冤罪(えんざい)弁護士として名の知れた大物だった。

「あの日弁連会長選の時に、森本は損保業界や医師会の支援を受けている」

「そんな話、初めて聞きます」

「片切先生、紛れもない事実です。私は損保業界の複数の情報源から同じ話を聞きました」

運転をしながら、駒場が答えた。

「当初は楽勝と言われたのに、ライバルに猛烈に追い上げられたために、マスオこと森本は借金して、現ナマをばらまいた。にもかかわらず、敗北を喫した。バカ女の暴走を止めることで当時のその貸しを返せと、マスオは迫られた。つまり、医療被害者支援基金法案を潰せと」

医療過誤裁判には、時間とカネがかかる。たとえ訴えを退けたとしても、被告側の病院や医師の評判を回復するのは難しく、損失は計り知れない。

そのため、被告側は極力裁判に持ち込まずに、示談で済ませたいと考える。

医療過誤事件は、訴訟を提起させないことこそが、弁護士の重要なミッションなのだ。雨守自身も、過去に何度か損保業界や医師会、日本医療法人協会などから圧力を受けただけではなく、独立資金の提供や名門大学の教授の椅子などをちらつかされた経験がある。無論、その見返りは医療過誤訴訟からの撤退だった。

そんなものに何の興味もなかったので、雨守は一切靡（なび）かなかった。

それは、律子も同様だったはずだ。しかし、不出来な夫の不始末のために、抵抗できない立場に追い込まれていたらしい。

妻は病院を厳しく糾弾しているのに、その夫は、病院側から多額の資金提供を受けて日弁連の会長選挙に臨んだ。その実態を暴くと脅された、と雨守は見ている。

「日向律子は、自分の野望のために、野々村喬太君の死亡を利用した。おまえだって、あんな案件、勝てるわけがないと、最初から分かっていただろう」

片切は、黙り込んで答えない。

「――私にとっても、チャンスだったんです。野々村喬太君の事件で勝訴できたら、シニア・パートナーの席をと約束してもらったんです」

「あの大ウソつき女の言葉を、おまえ、信じたのか？」

「そんなこと、言われなくても、分かってます」

車は、片切の自宅の前で停止した。

片切は、暫く動かなかった。

雨守も、これ以上話すことはない。

駒場が、車から降りて、ドアを開けた。

## 10

集中証拠調べを終えた三日後、「裁判所から和解勧告がきたので、それについて相談したい」という連絡が、喬一に届いた。

こんなに長い時間をかけて、ようやくあとは最終弁論だけというタイミングで、裁判所が和解を勧告するとは……。腹立たしさより虚しさを感じながら、喬一が約束の時刻に事務所に出向くと、すぐに片切と入江が対応した。

「お忙しい中、ご足労いただき、ありがとうございます。若林さんは、少し遅れるそうです」

「あの、片切さん、いっそのこと、和解ではなく、訴訟そのものをやめたいんですが」

「え？　やめるって？」

「これ以上、堀江先生や丸本先生にご迷惑をかけたくないんです」

片切は、困惑しているようだ。

「被告側は、和解に応じると言っていますよ。なのに、取り下げるんですか」

「そうです。これ以上の非礼は申し訳ない。訴訟なんてすべきではなかったんです。でも、自分が救われたい一心で、縋りました。

　こんな親父を見たら、喬太もがっかりすると思います」

結子に詰られ、三日間考えた結果だった。

客観的に考える作業は辛すぎたが、自分はとんでもなく間違ったことをしてきたという点だけは、はっきりと理解した。

子育ても、家族の未来も、おそらくは会社のことも。常にどこか他人事で、目先のタスクはそつなくこなすが、腹を括って責任を取るという覚悟がなかった。

だから、息子を失い、妻を失った。

会社を失わないのは、ひとえに中田のおかげだ。

自分は、いつもいいとこ取りだけしてきた。そのツケを、今払わされている。当然のことだった。

「結子さんは、同意されているんですか」

「集中証拠調べの後は会っていませんが、おそらく、妻も反対はしないと思います。というか、離婚するんです」

「なんと。初めて伺いましたが」

「あれ結子から聞いてないですか？　彼女、ここには、通ってるんでしょ？」

「集中証拠調べ以降、いらしていません。根を詰めて頑張ってこられたから、お疲れなのかと思っていました」

司法試験の予備試験を受けると言っていたから、日向事務所で修業しながら、勉強に励むものだと思い込んでいた。

「失礼ですが、お父上も了解済みという理解でよろしいですか」

「いえ、父は何も知りません」

片切が、ますます困ったように顔をしかめた。

「訴訟費用を負担しているのは、父ですが、原告は私と結子ですよね。父に相談する必要がありますか」

「ちょっと失礼します」

片切が席を立つと、入江も続いた。

待っている間に、結子に電話をした。だが、出ないので、ＬＩＮＥで、〝訴訟を取り下げる。異論があれば、連絡して〟とメッセージした。

トイレに行きたくなって部屋を出ると、若林がいた。トイレから戻ってくると、「ちょっと、二人で話をしませんか」と、声をかけられた。

「訴訟を取り下げると、片切さんから聞きましたが。せっかく和解でまとまるのに、どうして⁉」

「和解なんて、失礼だよ。言いがかりみたいな裁判なんだ。取り下げるのが、せめてものお詫びの証(しるし)でしょ」

「お詫びですと？　何を言ってるんです！」

「悪いのは、僕と母だ。それなのに、喬太を必死に救おうとしてくれた二人の医師を傷つけたんだ。こんな卑怯な行為、もう嫌なんだ」

若林は呆れてしまったのか。

「結子が、離婚届に署名捺印して、出ていった」

「それが、この恥ずかしい撤退の原因ですか」

「いや、違う。恥ずかしいのは、僕らが訴訟を起こしたことだ。そもそもは、親父が勝手に引き起こした騒動じゃないか」

「ですが、議長は、まだ闘うおつもりですよ」

父は和解提案の内容を聞いて激怒しているらしい。

謝罪なし、損害賠償なし、賢中病院からの見舞金が一〇〇万円――。

父は、「ふざけるな!」と即答で、却下したという。

「原告でもないのに、親父に取り下げを止める資格はないよ」

「そんな理屈は通りませんよ。この裁判にかかった費用は、全て議長が負担しているんです。日向事務所としても、議長の許可がない限り、取り下げはできないと言っています」

喬一は、立ち上がった。

「じゃあ、今から親父を説得に行くよ」

「だったら議長の後を継ぐとお話しください。議長に取り下げを受け入れてもらうためです」

言ってる意味が分からなかった。

「議長は、最近体調が思わしくありません。できれば、引退したいと考えておられます。なので、次の選挙にあなたを立てたいと」

「悪いけど、政治になんて、全く興味はない」

「あなたは、政治家向きです」

「冗談でしょ、若さん。僕みたいな薄っぺらいヤツに、政治なんて無理だよ」

「政治家には、そういう方が向いているんです。本気で世の中を変えるとか、県民のために必死に情熱を注ぐようなタイプは、長続きしません。喬一さん、ぜひ政治をおやりなさい。そうすれば議長は訴えの取り下げに応じてくださいます」

僕は一生親父の操り人形なのか。

「これ以上、喬太に笑われたくないよ」

もう用は済んだ。喬一は片切らにも何も言わず、事務所を後にした。

若林が追いかけてきた。そして、ビルの前に停めてあった車に、喬一を押し込んだ。

「喬一さん、私もあなたに議長の後を継いで欲しいんです」

「訴訟を取り下げることと、僕を県議にする話を一緒くたにするなよ」

そう言ったきり喬一は黙り込み、若林もそれ以上は何も言わなかった。

県庁の最上階に、議長室がある。

議会が開会されていなくても、父は、大抵そこにいる。

「おお、珍しいな、おまえが、ここに顔を見せるなんて」

「用件は、五分で済みます」

喬一は単刀直入に、訴えを取り下げると告げた。

「何だと？」

「喬太が死んだのは、僕のせいです。これ以上、喬太を救おうと頑張ってくれた医師を傷つけたくありません」

「何を言い出すんだ。せっかくここまで来たのに。敵前逃亡なんぞ、許さんぞ」

「僕らの裁判です。あなたは、勝手にカネを出しただけだ」

「それが、親に対して言う言葉か。いずれにしても、裁判は、最後まで続ける」

「そんな権利は、あなたにありませんよ」

「おまえ、誰のおかげで、会社があると思っている」

「そんなこと、誰も頼んでいないよ。逆に、そういうお節介が、息子をダメにしているってことを知るべきだね。とにかく、裁判はおしまいだ」

そう言い残して、喬一は議長室を出た。

若林は追いかけてこなかった。

まだ心臓が激しく鼓動している中、喬一は、日向事務所に電話を入れた。

「お電話、代わりました、日向律子です」

「先生には、大変ご尽力をいただきました。訴えを取り下げることにしましたので、よろしくお願い致します」

一週間後、正式に、原告側から訴え取下書を提出して、賢中病院と堀江、丸本両医師に対する医療過誤訴訟は、終結した。

# エピローグ

野々村喬太事件の終結から三カ月後、賢中病院はＪＭＩに買収された――。

医療業界のＭ＆Ａ特集班の記者に教えてもらうまで、智子は知らなかった。

賢中病院は、事件の随分前から売却交渉を進めていたが、喬太君の訴訟で、交渉は一度中断していたらしい。

訴訟が提起された時に、一度だけ、副理事長の手島賢一郎に取材したことがあった。

ソフトで人当たりの良い人物だった。

雨守は、堀江と丸本を高く評価したから、依頼を受けたと言っていたが、手島についても「今までにないタイプの病院経営者だ」と褒めていた。

堀江と丸本を徹底的に護り続けた手島の姿勢は、見事だった。だから、裁判が終わると丸本は、賢中病院の小児科に復帰したのだろう。

堀江はマルメで研究生活を続けているが、小児科医長の席は据え置かれている。

だが、病院を高く売り払うためのパフォーマンスだったのでは、という疑惑の目で見ると、手島は、相当に悪い奴なのかもしれなかった。

ほぼ同じ時期に、日向事務所が閉所した。

野々村事件で、実質的に敗北を喫した律子は、宿願の法案が廃案となり、政界出馬も見送られた。

その辺りの事情を知りたくて律子に取材依頼をした時には、彼女は既に日本にいなかった。

また、智子には、異動の辞令が出て、社会部の遊軍キャップとなる。

社会部長から直々に呼ばれ、「事件ではなく、社会現象を汲み取るような記事を書いてくれ」と言われた。

医療情報部で長年過ごした人間に、いきなり事件記者として突っ走れとは。

全体を観察し、本質を見抜くための端緒を探す――。現場で奮闘する医療従事者を長く取材してきて、何よりも大切なことだと学んだ。それは、全ての職業人、いや、人として身につけなければならない良識だと思う。

まだまだ修業が足りない。この程度では、あの世で、トクさんに叱られてしまう。

＊

サンフランシスコの新しいオフィスで、喬一は中田研三を迎えた。久しぶりの再会だった。

「暫く見ない間に、若返ったんじゃないのか」

中田は嬉しそうに、喬一の肩を叩いた。

会社の株式を全て中田に売り、喬一が単身でサンフランシスコに渡って二カ月が経過した。

今や故郷には、何一つ残っていない。自宅は売却したし、父の後継者という話も、きっぱりと断った。

そして、サンフランシスコで、一度はつぶれかけた合弁会社を復活させるべく、日々汗をかいている。

「どうも僕は、社員とかが大勢いるより、一人であれこれやっていく方が、性に合っている気がするよ」

現在は、地元のクリニックと共同で、子どもの救急医療情報を速やかに提供できるサービスアプリを開発している。

「アプリの名前を、〝KYOTA〟にしたんだって？」

「喬太がいなければ、考えられなかったビジネスだしね。喬太に恥じるような仕事はしないっていう決意表明でもある」

「だったら、日本でやればいいのに」

「いずれはね。でも、暫くは日本から離れたかったし、医療保険制度が脆弱なアメリカの方が、こういうサービスは、重宝がられるし」

「おい、なんでこんなところに、ゴモラがいるんだ？」

幼児向けのゴモラのフィギュアが、窓際に置かれているのを、中田が目敏く見つけた。

「お守りみたいなもんだ」

こちらを睨み付けているゴモラを見る度に、易きに流れがちの己を戒めるのだ、とはとても恥ずかしくて言えなかった。

＊

堀江は、遅い冬休みを、スウェーデンのリゾート地、エステルスンドで家族と過ごしていた。

毎日、嫌というほど雪と氷に囲まれて過ごしているのに、子どもたちはスキーリゾートに夢中だ。そして、丸本も、北欧の冬を愉しんでいる。

無理を言って彼女を呼んで、正解だった。賢中病院への復帰も決まり、その準備にも前向きに取り組んでいる。経営者が代わったらしいが、現場は特に変化もないという。

「今日のスケジュールは、決まったのか」

丸本と共にガイドマップを広げていた妻に尋ねた。

「色々やりたいことがあって、なかなか決められないのよ。もうちょっと、待って」

その時、スマートフォンが振動した。

〝ご無沙汰しております、賢中病院の副理事長をしておりました手島です。お元気ですか〟

家族たちから離れて、静かな場所に移動した。

確か、賢中病院を買収したファンドの取締役に収まっているはずだ。

「ご活躍ですね」

〝とんでもない。実は、今、病院経営の大学院を設立するプロジェクトに携わっておりまして。そこで日本の小児科医療のあり方のような講座を考えているんですが、堀江先生、ご興味ありませんか〟

「面白そうですね。教授は、どなたが？」

〝もちろん、堀江先生にお願いしたいと思いまして〟

「私、ですか……」

〝いかがでしょう、来年度から、我が大学院で教授をお願いできませんか〟

「私のような者に、務まるでしょうか」

〝もちろんですよ。先生のご研究は、日本の医学界でも話題です。何より、私は正しい医療を行っておられる方に、ご参画いただきたくて〟

手島の言わんとしている意味が分からなかった。

「ちょっと考えてみます。何か、資料をいただけますか」

〝喜んで。早速今から、資料を送ります〟

電話を切って、暫く堀江は、正しい医療とは何か、が気になった。

命を救う努力と正しさは、似ているようで違う気がする。

裁判の間、法律で医療を裁くことの不毛を感じた。

どんな患者でも救えるのが医者だ、と考えるところに無理があるのだ。

手島が求めているのが、正しい医療を教える教授なのであれば、この話は断ろう。

だが、丸本のような真摯な医者がもっと増えてくれるなら、役に立ちたいとも思う。

「私たちはスパトリートメント、お父さんと子どもたちはスケートってことに決まりました」

妻の宣言に、丸本と子どもたちが、嬉しそうに拳を上げた。

難しいことを考えるのは、マルメに帰ってからでいい。

そう思って、堀江も拳を突き上げた。

＊

雨守と瀧田は、静岡県掛川市の高天神城址の井戸曲輪に立っていた。

かつて「高天神を制するものは遠州を制する」と言われた要衝にして、難攻不落の城だ。

戦国時代に、武田と徳川が攻防を繰り広げた場所として知られている。標高一三二メートルの鶴翁山の地形を巧みに活かして構えられた高天神城は雨守が立つ井戸曲輪を中心にして東西に二つの本丸が並び立つ異色の城だった。

「山城は、地形を有効活用して造られたっていうけど、ここはユニークだよね」

本丸的な拠点が二カ所あったという意味では、小谷城に近いのだが、高天神城の方が、構造が一望できて面白かった。

「ここは、武田信玄には、落とせなかったのに、勝頼には落とせたんですよ」

勝頼と言えば、長篠の戦いで惨敗し、武田家滅亡の戦犯のように言われている。

「勝頼は、戦上手だったのか？」

「そこは微妙です。信玄は、ここを落とすことにさほどパッションがなかったようです。一方の勝頼は多くの武将を犠牲にしてまで、この城をとったんです。彼は加減とかができなくて、何でも一二〇%力を振り絞ってぶつかる。武将の器としては、小さいですね」

「なるほど。それは重要な教訓だよな。日本人は、一生懸命やることを尊ぶけどさ、本当は無理をする価値のないものは、いなすぐらいの余裕が重要なんだよ。それと、やっぱり調略だよ」

山の上空をトンビが二羽、悠々と翼を広げて旋回している。

城址に立つ雨守の上空で、鳥が一声鳴いた。

## 謝辞

本作品を執筆するに当たり、関係者の方々から、様々なご助力をいただきました。深く感謝申し上げます。

お世話になった方を以下に順不同・敬称略で記します。

ご協力、本当にありがとうございました。

なお、ご協力いただきながら、ご本人のご希望やお立場を配慮して、お名前を伏せた方もいらっしゃいます。

高橋謙造、
安福謙二、宮下研一、水沼太郎、
梶英一郎、日野真太郎、角川博美
金澤裕美、篠原知存、柳田京子、花田みちの、河野ちひろ、

家久来美穂里、鈴木麻里奈、大井友貴、舘内謙、捨田利澪

二〇二一年九月

【主要参考文献一覧】（順不同）

『なぜ、無実の医師が逮捕されたのか　医療事故裁判の歴史を変えた大野病院裁判』
安福謙二著　方丈社
『裁判実務シリーズ5　医療訴訟の実務〔第2版〕』髙橋譲編著　商事法務
『センゴク　小谷城虎口攻め編』宮下英樹著　講談社
『日本の城事典』千田嘉博監修　ナツメ社
『大きな縄張図で歩く！　楽しむ！　完全詳解　山城ガイド』加藤理文監修　学研プラス

※右記に加え、政府刊行物やHP、ビジネス週刊誌や新聞各紙などの記事も参考にした。

# 解説

関口苑生

その昔、田中角栄がある雑誌のインタビューで、「貴兄の政治家としての力の源泉は何か」と問われて、即座に「法律だ。法律を知っているからだ」と答えたという話を何かで読んだことがある。闇将軍とも呼ばれた御仁だが、無論、弁護士や検事といった法律家のように〝法〟を知っているわけではなかったろう。彼は立法府である国会の議員を長く務めることによって、戦後の日本のさまざまな法律がどんな風に作られ、どこにどういう欠陥や盲点があるか、また〝旨み〟があるかを、掌（てのひら）の筋を指し示すがごとく知っていたと、そういうことだったのだろう。つまり、彼にとって法律というものは、与えられたものでも遵守するものでもなく、作り、活用し、運用するものにほかならなかったのである。

多分に牽強付会的な意見かもしれないが、田中角栄の言葉は本書『レインメーカー』の冒頭に書かれている「結局のところ、世の中は強者と弱者で成り立っている。それは法律を駆使できる者と、法律を使えない者の差でもある」という文言、さらには「法律を知らないと不幸になる」という箴言へと一直線に繋がっているようにも思える。

日本では一般庶民と法律との距離はそれほど近くない。顧問弁護士がいる人なんてほとんどいないだろう。困ったら弁護士に相談するという人も少ない。法律、および法律家を上手に利用するといった考えが市民の間で定着していないせいだ。それがまた、法律を知る者とそうでない者との差を生む要因にもなっている。

これまでも真山仁は、政治や経済をはじめとする現代の日本社会が抱える諸問題――それが顕在化したものであれ、潜在中のものであれ、危機的状況に陥っている問題に対して果敢に挑んできた。その彼が今回描いたのが、法律を扱う人間の現場と、その法によって事の正否が左右されかねない医療現場の現実やその不条理など、理不尽な状況に翻弄される当事者たちの姿である。

物語は、総合病院に運ばれた二歳九カ月の男児が、懸命の救急処置にもかかわらず死亡したことから始まる。その後、死亡した男児の両親が、病院および治療に当たったふたりの医師を被告として、医療過誤による損害賠償請求の訴状を地方裁判所に提出したのだ。かくして始まる裁判の模様と、そこにいたるまでの顚末が、男児の親、訴えられた医師、病院側の弁護士、報道する記者の四人の視点で詳細に描かれていく。

医療過誤とは、医療の現場で生じた事故のうち、過失によって引き起こされたものを言う。医療従事者が注意を払い対策を講じていれば防ぐことができた、人為的なミスを原因とするケース――たとえば、医師の診療ミス、手術ミス、医療スタッフの連携ミスなどがあげられる。こうした医療過誤による民事訴訟は年間に八百件程度あるというが、患者側の勝率は二割程度にすぎないという。それは医療行為の専門性が高く、過失の立証が困難であるからだ。また過失が明らかな場合は訴訟前での示談で解決し、裁判にまでいたらないケースが多いからだとも。あるいは、被害者側が訴訟を起こしたくても、莫大なお金がかかり資金的に厳しくて泣き寝入りするケースも多い。

本書の場合、当初はさほど問題にはならないだろうと思われていた。息子を病院に連れていき、その死を目の当たりにした父親が、医師たちはベストを尽くしてくれたと納得すると同時に、自分の落ち度もあったので、一旦はすべてを受け入れようと決意していたからだ。ところが周囲がそれを許さなかった。彼の両親や妻が納得せず、「きちんと治療されていれば死ぬことはなかった。病院や医師たちにミスや怠慢があったからだ」という意見が次第に大勢を占めていく。妻にいたっては、当時、仕事で海外出張に行っていた自身を責め、母親として失格だと自殺を図るまでになっていたが、やがてその行き場のない苦しみや哀しみ、悔しさ等々を病院と医師たちにぶつけることが、何とか生きていく糧となっていた。

だが、彼らがそうした意見を抱くようになった背後には、ある法律事務所の思惑と策略があったのだ。

一方、病院と医師側は、医師を護る医療弁護士として著名な人物に弁護を依頼する。その人物はかつて、本件で敵対することになる原告側の法律事務所に所属していたが、ある事件を契機に去っていた。事務所の非人間的なやり方にどうしても我慢が出来なかったのだ。その意味では因縁の対決と言えた。

彼は、ふたりの医師はもちろん、当時のスタッフにも丁寧かつ徹底した聴取などの調査を行い、資料を揃え、万全の態勢を整えていく。負ける要素は何ひとつとしてなかった。いやそれどころか、誰が見ても原告側にはほとんど勝つ見込みはないとわかる今回の件に、どうして原告側の事務所が首を突っ込んできたのか理解できず、まだ何か裏があるのかと逆に勘繰りたくなるほどだった。

原告側、被告側、双方ともに争点は過失の有無だと承知している。今回の場合、原告側は病院の処置に問題があったから男児が死んだと訴えた。だが、病院側は処置は適切で、男児は救急処置でも救えなかったと主張。そこで、具体的に双方の主張の対立点を明確にし、裁判所に判断を仰ぐことになったのだった。

しかしその主張の立証の仕方に大きな差異があった。本書に描かれる原告代理人の攻め方は（かりにデフォルメされてあったにしても）、基本的に「糾明」の態度に終始する。本来であれば、徹底した「究明」によって立証しなければならないはずなのに、だ。おそらくこれは現実社会においても、似たようなことが行われているのだろう。そもそも医療行為の結果を正確に予測することは困難なのだ。極論かもしれないが、まったく過失のない医療行為をもってしても、避けようのない最悪の〝結果〟が訪れる場合だってあるかもしれないのだ。

本書には直接関係ないが、我々は今般の新型コロナウイルスによるパンデミックで、医療現場が崩壊寸前となっていった様子をつぶさに目撃した。その最中には、もしかすると過失があったかもしれない。しかし、それを一体誰が責められようか。医療側にも患者側にも、理不尽な状況だったのだ。

本書の中で、ある人物が語る言葉に「医療技術が進歩すると、やがて、救えない命なんてなくなるかもしれない」というものがある。ただし、救命のためには時間も人も手間もかかる。それによって医療従事者の負担は確実に増大していく。人数の問題、勤務シフトの問題などもあり、要はそのバランスが歪（いびつ）だったのだ。それゆえコロナ禍での医療逼迫（ひっぱく）は、日本の医療制度の根本的な問題とも言えた。

本書の根底には、そうした訴えも込められているような気がする。

ひとつの事件であっても、立場が違えば見え方は異なるものだ。たとえば、一刻を争う状況で医師が小児患者の様子をゆっくり見ていると、迷っていると思われるかもしれない。だが、その医師は普段から丁寧に診察するタイプだという情報がそこに加われば、印象はがらりと変わってくる。そういう誤解やすれ違いは誰にでもある。本書は、四人の視点からひとつの事件を検証し、その奥に潜むさまざまな問題点を取り上げている。さらには、子供の死という患者側にも医療側にも大きな精神的ダメージを与える設定にしたことで、登場人物たちの内面を深く掘り下げる結果にも繋がっている。

お互いの生き方を尊重し、ひとり息子を挟んで愛し合う「平凡に見えた」夫婦が、子供を急病で失うという不幸によって、その感情をどんな風に変化させていったか。正しい医療とは何か。法律で医療を裁くことの止むを得なさと不毛さ……立場の違う人間たちそれぞれの内面にフォーカスしながら丁寧に紡いだ本書は、真山仁の新しい側面を見事に映し出してくれた傑作である。

最後に、これは蛇足だが、本書のタイトル『レインメーカー』とは、ジョン・グリシャムの名作『原告側弁護人』に由来するものだ（フランシス・フォード・コッポラ監督で映画化もされている)。金を雨に譬え、雨が降るように大金を稼ぐ弁護士を意味するものらしい。そう言えば、プロレスラーにもレインメーカーを名乗る人物がいたような……。この書名も、何だか奇妙に意味深長な匂いを感じさせておもしろい。だからこそ、わたしも最初に田中角栄のことを思い出したのだったが……。

――文芸評論家

この作品は二〇二一年十月小社より刊行されたものを
加筆・修正したものです。

# 幻冬舎文庫

●好評既刊
## ベイジン(上)(下)
真山 仁

巨大原発「紅陽核電」では、日本人技術顧問の田嶋が共産党幹部・鄧に拘束されていた。鄧は北京五輪開会式に強行送電。眩い光は灯ったが……。希望を力強く描く、傑作エンターテインメント！

●好評既刊
## 雨に泣いてる
真山 仁

巨大地震の被災地に赴いたベテラン記者・大嶽は、究極の状況下で取材中、地元で尊敬される男が凶悪事件と関わりがある可能性に気づく……。読む者すべての胸を打ち、揺さぶる衝撃のミステリ！

●好評既刊
## 海は見えるか
真山 仁

大震災から一年以上経過しても復興は進まず、被災者は厳しい現実に直面していた。だが阪神・淡路大震災で妻子を失った教師がいる小学校では希望が……。生き抜く勇気を描く珠玉の連作短篇！

●最新刊
## もう、聞こえない
誉田哲也

傷害致死容疑で逮捕された週刊誌の編集者・中西雪実。罪を認め聴取に応じるも、動機や被害者との関係については多くを語らない。さらに、突然「声が、聞こえるんです」と言い始め……。

●最新刊
## かくして彼女は宴で語る
明治耽美派推理帖
宮内悠介

明治末期、木下杢太郎や北原白秋、石川啄木ら若き芸術家たちが集ったサロン「パンの会」。ここでは、持ち込まれた謎を解くべく推理合戦が繰り広げられていた。傑作ミステリ。

レインメーカー

真山仁

令和5年10月5日　初版発行

発行人――石原正康
編集人――高部真人
発行所――株式会社幻冬舎
〒151-0051東京都渋谷区千駄ヶ谷4-9-7
電話　03(5411)6222(営業)
　　　03(5411)6211(編集)
公式HP　https://www.gentosha.co.jp/

印刷・製本―株式会社　光邦
装丁者――高橋雅之



幻冬舎文庫

ISBN978-4-344-43324-3　C0193　ま-18-5

この本に関するご意見・ご感想は、下記アンケートフォームからお寄せください。
https://www.gentosha.co.jp/e/